SOKO GMEINER
Grenzenlos ermitteln

RATEKRIMIS In Bamberg wird einer alten Dame das gut versteckte Ersparte geraubt, in Salzburg stirbt ein Mann bei einer Karnevalsveranstaltung. In Dresden wird der CDU-Ortsgruppenleiter tot aufgefunden, am Tatort deutet alles auf einen Selbstmord hin. Aber hat sich der Mann wirklich selbst gerichtet? In Bern stirbt ein Künstler an vergifteten Pralinen. Wer steckt dahinter? In Heidelberg wird eine junge Frau ermordet und ein kompletter Fußballklub steht unter Tatverdacht. Doch wer ist der Täter?

In ganz Deutschland, der Schweiz und in Österreich wird geraubt und gemordet. Das Verbrechen hat die drei Länder heimgesucht. Und Sie, lieber Leser, müssen mithelfen, die Fälle zu lösen. Kommen Sie der Wahrheit auf die Spur?

SOKO GMEINER

Grenzenlos ermitteln

23 Rätsel-Krimis

GMEINER Original

Personen und Handlung sind frei erfunden.
Ähnlichkeiten mit lebenden oder toten Personen
sind rein zufällig und nicht beabsichtigt.

Besuchen Sie uns im Internet:
www.gmeiner-verlag.de

Im Ehnried 5, 88605 Meßkirch
Telefon 07575/2095-0
info@gmeiner-verlag.de

1. Auflage 2013

Herausgeber: Sven Lang
Herstellung: Julia Franze
Umschlaggestaltung: U.O.R.G. Lutz Eberle, Stuttgart
unter Verwendung eines Fotos von:
© Polizeihistorischer Verein Stuttgart e.V.
Druck: GGP Media GmbH, Pößneck
Printed in Germany
ISBN 978-3-8392-1452-7

DEUTSCHLAND:

SCHWEIZ:

ÖSTERREICH:

DIETER BÜHRIG
BEUTEJAGD

Kriminalhauptkommissar Kroll steuerte zielstrebig das kleine Straßencafé auf der Kurpromenade an, wo er immer, wenn er in dem mondänen Ostseebad Timmendorfer Strand zu tun hatte, zu einem Eiskaffee einkehrte. Heute hatte er den Juwelier besucht, der vor ein paar Wochen Opfer eines brutalen Raubüberfalls wurde, bei dem ein zufällig anwesender Kunde mit einer schweren Schussverletzung um ein Haar ums Leben gekommen wäre, wenn nicht beherzte Passanten sofort eingegriffen hätten.

Die beiden Täter konnten entkommen, doch anhand einer Haarprobe identifizierte die Spurensicherung einen alten Bekannten, den mehrfach vorbestraften Gewalttäter mit dem Spitznamen Dogger. Wenige Tage später wurde der Mann verhaftet. Er leugnete jegliche Tatbeteiligung und erklärte die Anwesenheit seines Haares damit, dass er kürzlich beim Juwelier war, um einen Verlobungsring zu kaufen. Von dem anderen Täter und von der Beute fehlte weiterhin jegliche Spur.

Kroll ließ sich an einem der vordersten Tische nieder und knallte die Akte auf den Tisch. »Wieder so ein Fall, bei dem uns nach dem bisherigen Stand der Dinge nur der Kommissar Zufall helfen kann.« Er schob die Unterlagen weit von sich, als wollte er nichts mit ihnen zu tun haben, und bestellte seinen Eiskaffee. Eigentlich hatte er im Moment keine Lust, sich die umfangreiche Liste der gestohlenen Wertgegenstände anzuschauen, die ihm der Juwelier vorhin übergeben hatte. Die

Sonne schien ihm verführerisch ins Gesicht, und die frische Ostwindbrise ließ einen Hauch von Urlaubsgefühl aufkommen. Um das zu vertiefen, bestellte er sich gleich noch einen Kognak hinterher. Dann lehnte er sich in dem Korbsessel zurück und streckte die Beine aus. Zu seinen Füßen breitete sich ein auffälliger Strich aus, den man kunstvoll in Form eines Steinmosaiks quer über den Bürgersteig eingelassen hatte. Kroll erinnerte sich: Richtig, jetzt sitze ich gewissermaßen genau auf dem 54. Breitengrad, und komischerweise spürt man nichts, wenn man mit der Schuhspitze darüber streicht. Wie das wohl am Äquator sein mag?

Als erfahrener Segler in der Lübecker Bucht wusste er, dass er sich hier auf einer Länge von etwa zehn bis elf Grad befand. Es ärgerte ihn, dass er nicht den genauen Wert kannte. Also holte er sein Smartphone aus der Tasche, um es nachzuprüfen. Das war für ihn jetzt wichtiger als der Juwelenfall.

Doch er kam nicht dazu. Sein Handy klingelte. Der digitalisierte Gitarrenriff von ›Smoke on the water‹ lärmte unbarmherzig durch das Café.

Ausgerechnet Hopfinger, sein Assistent. Das sah nach Überstunden aus, befürchtete Kroll. Richtig. Kaum hatte er das Gespräch angenommen, brüllte ihn aus dem kleinen Lautsprecher eine hektische Stimme an: »Chef, wir haben was Neues im Fall Juwelenraub. Die Überwachung der Wohnung von Dogger hat endlich Früchte getragen. Die Beamten haben seine Freundin beobachtet, wie sie in dessen versiegelte Wohnung eindrang und nach kurzer Zeit wieder rauskam. Da haben sie gleich zugegriffen. Die Dame hatte ein Buch und einen Notenzettel in der Hand. Ich habe veranlasst, dass man uns das sofort aushändigt.«

»Einen Notenzettel?«, fragte Kroll nach. »Kann dieser Dogger denn überhaupt Noten lesen?«

»Eben, das habe ich auch kombiniert, Chef. Deswegen sollten wir uns sofort darum kümmern, dieses Rätsel zu lösen. Ich hab so meine Ideen. Ich muss Ihnen das zeigen. Wo sind Sie jetzt?«

»Ich sitze gerade auf dem 54. Breitengrad.«

»Wie bitte?«

»Na, in dem Straßencafé in Timmendorfer Strand, wo wir uns das letzte Mal trafen.«

»Gut. Das ist nicht weit. Ich bin in zehn Minuten bei Ihnen und bringe die Sachen mit.«

Kroll spürte, dass es mit der aufkeimenden Urlaubsstimmung wohl bald vorbei sein würde. Zum Trost wollte er sich noch einen Kognak bestellen, doch dann besann er sich eines Besseren. Jetzt galt es, klaren Kopf zu bewahren. »Einen Cappuccino bitte, aber einen starken, wenn's geht.«

Hopfinger wedelte schon von Weitem mit dem sichergestellten Buch, als er Kroll sah. Schnaufend und völlig verschwitzt lief er zu ihm an den Tisch und setzte sich neben ihn. »Eine Apfelschorle, bitte, ganz groß und ganz kalt.«

»Immer mit der Ruhe«, versuchte Kroll dessen Aufregung zu stoppen. »Dogger wird noch ein paar Tage in U-Haft sitzen müssen. Aber Sie haben recht. Wenn wir dem Untersuchungsrichter nicht bald ein paar handfeste Beweise liefern, wird der Kerl wieder auf freien Fuß gesetzt. Und dann haut er mit seinen Juwelen bestimmt nach Südamerika ab.«

»Das kriegen wir schon hin«, antwortete der Assistent und legte Kroll das beschlagnahmte Buch und den Notenzettel vor die Nase.

Das Buch kannte der Kommissar, sogar dessen Autor: ›66 Lieblingsplätze in und um Lübeck‹. »Scheint einen guten Geschmack zu haben, dieser Dogger. Das hätte ich ihm nicht zugetraut.« Kroll stieß ein verhaltenes Lachen aus. »Zumal sein Lieblingsplatz jetzt der Knast sein wird.«

»Ja«, ereiferte sich Hopfinger. »Mir kam das gleich komisch vor, dass so ein Ignorant wie Dogger zu einem Reiseführer greift. Und noch merkwürdiger: Dass der sich mit Noten auskennt. Chef, ich glaube, da haben wir einen wichtigen Fund gemacht, der uns helfen könnte, den Fall zu lösen.«

»Schon. Aber erst muss der Affe die Nuss knacken, bevor er sie verspeisen kann.«

Hopfinger empfand diesen Vergleich ein wenig beleidigend und konterte anzüglich: »Sie werden das schon schaffen, Chef.«

Als der Kellner kam, um die Apfelschorle zu servieren, stutze er, als er den Notenzettel sah. »Oh, das kenne ich. ›In der Eiche da wohnet mein Liebchen‹. Ein altes norddeutsches Volkslied. Das singen wir in unserer Folkloregruppe. Schöne, tiefsinnige Musik.«

»Interessant«, unterbrach ihn Kroll. »Können Sie uns das mal vorsingen?«

»Gerne. Kommen Sie mal mit. Hinten im Clubzimmer steht ein Klavier, da kann ich Ihnen das vorspielen.« Schön, dass es noch Menschen gibt, die sich für die alte Volkslieder interessieren, dachte sich der Kellner, nahm das Notenblatt und geleitete die beiden Polizisten ins Hinterzimmer.

Doch kaum hatte er die ersten beiden Töne angestimmt, unterbrach er seinen musikalischen Vortrag. »Da stimmt doch was nicht. Die Melodie geht ganz anders. Und der Text stimmt auch nicht mit dem Original überein. Wo haben Sie das her? Ist das eine neumodische Popversion? So was mag ich nicht.« Er spielte die Noten nochmals an. »Überhaupt eine merkwürdige Melodie. Hier, in der zweiten Zeile, der Sprung um zehn Töne nach oben. Das kann doch kein Mensch singen. Und warum steht oben drüber ›Volkslied in C-Dur‹? Das macht man normalerweise nicht.«

»Bestimmt eine geheime Botschaft«, sagte Hopfinger wichtigtuerisch. »Zumal die Noten von Hand geschrieben wurden. In der Schule hatten wir das im Musikunterricht auch mal gemacht. Da mussten wir zum Beispiel herauskriegen, was die Töne fis, c, h, f, a und Doppel es bedeuten. Als Flötenspieler habe ich das immer als Erster gelöst.« Er riss dem Kellner das Notenblatt aus der Hand. »Geben Sie mal hier. Wird nicht schwer sein. Bringen Sie mir noch eine Apfelschorle. Das belebt die Gedanken.«

Kroll und sein Assistent kehrten an ihren Tisch zurück. »Der erste Ton ist klar«, meinte Hopfinger. »Das g heißt, dass man irgendwo hingehen soll.«

Der Kommissar kümmerte sich nicht um ihn. Ziellos blätterte er in dem Reiseführer herum, den Doggers Braut bei sich gehabt hatte. Die meisten Orte kannte er. Sogar die Kurpromenade von Timmendorf, auf der er jetzt saß, war dort abgebildet.

»Sagen Sie mal, Hopfinger, steckte der Notenzettel eigentlich in dem Buch drin, als man die Frau festhielt?«

»Ich glaube ja. Jedenfalls war er drin, als man mir das Buch überreichte.«

Kroll horchte auf. »Und wissen Sie noch, auf welcher Seite?«

»Na klar. Ich bin doch bekannt für sorgfältige Spurensicherung. Ich hab's mir aufgeschrieben« Er holte sein Notizheft hervor. »Der steckte auf Seite 141.«

Kroll schlug die Stelle auf. Den Ort kannte er nur flüchtig. Er war etwa 30 Kilometer entfernt, aber das brachte ihn nicht weiter. Wird wohl Zufall gewesen sein, dachte der Kommissar. Er legte das Buch wieder auf den Tisch und streckte die Füße in die Sonne. Eigentlich ein zu schönes Wetter, um zu arbeiten. Jetzt auf der Ostsee in der frischen Brise segeln …

Er betrachtete seine Turnschuhe, die ein wenig lädiert aussahen. »Ich müsste mir mal wieder neue leisten«, seufzte er und zeichnete mit der linken Hacke einen Kreis in den leicht mit Strandsand verwehten Gehsteig. Plötzlich hörte er mitten in der Bewegung auf. Er beugte sich vor und fischte sein Smartphone aus der Tasche. Er war ganz Stolz auf die Apps, die er sich überspielt hatte: Wikipedia, Facebook, Google-Maps, einen Barcode-Scanner, ein Navigationsprogramm, einen Fernseh-Nachrichtendienst und vieles mehr.

»Geben Sie mal her!«, kommandierte er und riss Hopfinger das Notenblatt aus der Hand. Dann studierte Kroll nochmals sorgfältig den Zettel und tippte ein paar Zahlen in sein Smartphone. Ihm kam es wie eine Ewigkeit vor, bis er das Ergebnis ablesen konnte. Dann rief er so laut, dass sich die Gäste von den Nachbartischen umdrehten. »Ich hab's, Hopfinger! Das Lösungswort fängt mit einem b an. Und der Liedtext passt wie die Faust aufs Auge. Jetzt ist Dogger geliefert.«

Er warf einen Geldschein auf den Tisch und sprang auf. »Zahlt sich doch aus, wenn man in der Schule Noten lernt, nicht wahr, Hopfinger? Kommen Sie mit. Ich ahne, wo die Juwelen sind. Und rufen Sie von unterwegs die Spurensicherung an, die sollen sich mit Spaten bewaffnen.«

Hopfinger lief ihm mit betrübter Miene hinterher. Wieso hatte sein Chef das vor ihm rausgekriegt?

»Jetzt lassen Sie den Kopf nicht hängen, Hopfinger. Ich habe einfach das musikalische Alphabet zu Hilfe genommen und dem c die Zahl eins zugeordnet. Dadurch ergeben sich Koordinaten.«

Lösung: 1. Rätsel-Krimi, Lübeck

54.136455,10.555686. Die Zahl bildet die exakten Geodaten von dem Lieblingsplatz, der in dem Reiseführer auf Seite 141 beschrieben wird. Wenn man sie in Google-Maps oder ähnlichen Programmen eingibt, erscheint die Bräutigamseiche bei Eutin. Dort hat Dogger den Schmuck versteckt.

UWE KLAUSNER
SYDOWS ZWEITE SEITE

West-Berlin, Montag, 5. Oktober 1964: Berlin-Tempelhof, Redaktions-und Verlagsgebäude am Mariendorfer Damm 1–3 | 11:50h

»Und warum wolltest du nicht mit rein?«, fragte Krokowski, setzte sich ans Steuer des Mercedes und deutete mit dem Kinn zum Präsidium. »Keine Lust, alte Erinnerungen aufzufrischen?«

»Soll ich dir nun helfen oder nicht?«

»Jetzt hab dich mal nicht so, Tom!«, setzte sich Sydows Freund und Ex-Kollege zur Wehr. »So schlimm, wie du manchmal tust, kann es nicht gewesen sein!«

»Hm.« Sydow ließ es mit einem Brummen bewenden. Er hatte andere Sorgen als mir Kroko herumzustreiten. Er musste sich jedoch eingestehen, dass Krokowski nicht ganz Unrecht hatte. Vor seiner Heirat war der Polizeiberuf sein Leben gewesen, und selbst nach der Hochzeit wäre ein anderer Job nicht infrage gekommen. Dazu hatte ihm seine Arbeit viel zu viel Spaß gemacht. Das Schlimmste war für ihn nie die Jagd nach Betrügern oder Mördern gewesen. Nein, das Deprimierende waren die Grenzen gewesen, an die er immer häufiger stieß. Viel zu selten war es ihm gelungen, den Draht- und Strippenziehern im Hintergrund beizukommen. »Gut möglich, dass du recht hast, Kroko.«

»Sag mal, bist du krank?«

»Wieso?«

»Tom Sydow gibt mir recht – dass ich das erleben durfte!«

»Weißt du, was du mich gleich …«

»Du wiederholst dich, Tom!«, flötete Krokowski, dem es sichtlich Freude bereitete, Sydow aufzuziehen. »Fast wie in alten Zeiten, oder?«

»Sag, was du von mir hören willst, damit ich meine Ruhe habe.«

»Die Wahrheit, und nichts als die Wahrheit!«, legte Sydows Ex-Kollege schadenfroh nach. »So wahr mir …«

»Wenn du erlaubst, würde ich den da oben gern aus dem Spiel lassen«, frotzelte Sydow, während sich der Mercedes dem Tempelhofer Feld näherte. »Mensch, pass auf – die Ampel war schon gelb!«

»Was du nicht sagst!«, rief Krokowski.

»Sag mal, hast du zu viele James-Bond-Filme gesehen?«

»Guck ich mir nur an, wenn ich was zu lachen haben will!«

»Und wie wär's mit einem Durbridge?«

»Kein Bedarf. ›Das Halstuch‹ war schon schlimm genug.«

»Gib's zu: Du hast genauso vor der Flimmerkiste gesessen wie wir.«

Krokowski beschleunigte auf 90 Sachen, überholte einen Porsche und bremste nebenbei einen Kiestransporter aus. »Überleg dir, was du sagst, andernfalls wird Lea Witwe.«

»Darf ich Ihnen eine Frage stellen, Herr Fangio?«, lästerte Sydow. »Auf die Gefahr, mich unbeliebt zu machen?«

»Nur zu, schließlich sind wir Kollegen.«

»Wieso hast du es so eilig?«, fragte Sydow. »Von dir kann sich jeder Verkehrsrowdy eine Scheibe abschneiden.«

»Erstens: Ich bin kein Verkehrsrowdy«, wehrte sich Krokowski. »Zweitens: Ich kann's kaum erwarten, ein paar Takte mit dem Herrn Chefredakteur zu wechseln.«

»Wieso? Hast du was gegen ihn in der Hand?«

»Na, du machst mir vielleicht Spaß!«, rief Krokowski aus. »Die Sache stinkt zum Himmel. Außerdem gibt es neue Erkenntnisse.«

»Über die ich als Außenstehender nichts erfahren darf, stimmt's?«

»Blödsinn! Kurz nach halb elf, also vor gut einer Stunde, ging im Präsidium der Anruf eines Taxifahrers ein. Hat einen verdächtigen Mann nach Dahlem kutschiert. Der Beschreibung nach könnte es sich um die Person handeln, auf die du heute früh gestoßen bist.«

»Und woher willst du wissen, dass …«

»Jetzt hör doch erst mal zu, Tom. Der Fahrer, ein gewisser Lenuweit, schwört, dass sein Kunde nicht koscher war – will heißen: Eigenen Angaben zufolge habe er sich bei einem Sturz verletzt, aber unser Zeuge meint, dass es etwas Schwerwiegenderes war. Eher eine Schussverletzung. Dreimal darfst du raten, wo er sich die Verletzung zugezogen hat.«

»Doch nicht etwa an der Schulter?«

»Hut ab. Du bist ja ein ganz Schlauer.«

»Versuchter Mord, so, so. Und was habe ich damit zu tun?«

Es gab Zeitgenossen, um die Sydow einen Bogen machte, solche, die ihm auf die Nerven gingen und wiederum andere, die ihm ganz sympathisch waren. Friedemann van der Eyck, Chefredakteur des auflagenstärksten Berliner Boulevardblattes, gehörte nicht dazu.

Ihm hätte er rechts und links eine runterhauen können.

Aber nur, wenn er guten Tag gehabt hätte.

Da dies nicht der Fall war, kam ihm sehr gelegen, dass Krokowski das Heft in die Hand nahm. Seine Antipathie zu zügeln, fiel ihm trotzdem schwer, wobei er nicht einmal wusste, was ihn an dem salopp gekleideten Schönling störte. Weder war er unhöflich noch kurz angebunden und anscheinend auch nicht feindselig gegenüber Polizisten eingestellt. Er hatte ihn und Kroko nicht warten lassen, ihnen Platz auf dem Ledersofa neben seinem Schreibtisch angeboten. Hatte ihnen sogar Kaffee, Tee oder ein Getränk ihrer Wahl offeriert.

Mit einem Wort: Er war darauf aus, den Gentleman zu geben.

Dass dem nicht so war, wurde Sydow auf Anhieb klar. Ein Vierteljahrhundert in Diensten von Vater Staat war nicht spurlos an ihm vorübergegangen, und wenn er sich dabei etwas angeeignet hatte, dann war es Menschenkenntnis.

Auf gut Deutsch: Dieser Fatzke konnte ihm nichts vormachen.

»Ob es Ihnen in den Kram passt oder nicht – dies herauszufinden sind wir hier.«

Donnerwetter, geht der aber ran!, dachte Sydow bei sich, hütete sich jedoch davor, in die Offensive zu gehen. Schließlich war er nur Zeuge, wobei Krokowski es absichtlich unterlassen hatte, ihn vorzustellen. Das gehörte eben zu den Schachzügen, die man sich im Laufe der Zeit angeeignet hatte, und wie die Dinge lagen, war der Griff in die Trickkiste notwendig.

»Jetzt machen Sie es sich und uns doch nicht so schwer!«, fügte Krokowski im Stile eines Philanthropen hinzu. »Wir vergeuden hier sonst nur unsere Zeit.«

»Das mag zwar sein, Herr … Wie war doch gleich Ihr Name, Herr Kommissar?«

»Krokowski. So, und nachdem wir jetzt lange genug um den heißen Brei herumgeredet haben, schlage ich vor, zum Thema zu kommen.«

»Nichts lieber als das, Herr Kommissar!«, versicherte van der Eyck. »Dadurch sparen wir eine Menge …«

»Da wir gerade von der Zeit reden, Herr Chefredakteur – wo waren Sie eigentlich heute früh? Genauer gesagt kurz nach halb zehn?«

»Na, wo denn wohl – hier!«

»Gibt es dafür Zeugen?« Mit allen Wassern in und um Berlin gewaschen, schaute Krokowski so treuherzig drein, dass Sydow am liebsten losgebrüllt hätte. »Ich bitte um Verständnis, aber die Frage gehört zu meinem Job.«

»So, tut sie das.«

»Damit Sie informiert sind, Herr van der Eyck: Heute Morgen, genauer gesagt um Viertel nach zehn, wurde ein Mann, dessen Identität uns nicht bekannt ist, am helllichten Tag niedergeschossen.«

»Und wo?«

»Im Rudolph-Wilde-Park. Sie wissen, wo das ist?«

Van der Eyck nickte.

»Es besteht Grund zur Annahme, dass einer Ihrer Mitarbeiter in den Fall verwickelt ist.«

»Ich nehme an, Sie können Ihre Behauptung auch beweisen.«

»Das ist momentan nicht der Punkt.« Krokowski dachte nicht daran, sich aus der Reserve locken zu lassen. »Es gibt Zeugen, Herr Chefredakteur«, entgegnete er. »Der Punkt ist, um was es bei der konspirativen Zusammenkunft ging.«

»Sie sprechen in Rätseln, Herr Kommissar.«

»Und Sie täten gut daran, die Karten auf den Tisch zu legen.« Ohne dazu aufgefordert worden zu sein, verließ Krokowski seinen Platz, schlenderte durch das Büro und baute sich vor dem Springer-Porträt an der Schmalseite des Raumes auf. »Umso mehr, als dass die Dame am Empfang äußerst redselig war. Kurzum: Die Beschreibung des Kollegen Sydow stimmt exakt mit der Ihrigen überein. Danach handelt es sich bei dem Tatzeugen um einen gewissen Paul Gierke, Mitglied Ihrer Lokalredaktion. Wenn es Ihnen nichts ausmacht, würden wir ihn gern sprechen.«

Van der Eycks Miene verfinsterte sich. »Und ob es mir etwas ausmacht, Herr Kommissar. Wer Behauptungen in die Welt setzt, muss sie auch beweisen. Das gilt auch für Sie, oder?«

Krokowski gab keine Antwort, scheinbar ganz auf das Porträt von Deutschlands bekanntestem Verleger konzentriert, der nichts unversucht ließ, die DDR-Oberen herauszufordern. Das derzeit im Entstehen begriffene Verlagsgebäude hatte reichlich für Schlagzeilen gesorgt, unter anderem aufgrund der exponierten Lage. Über das Ansinnen, unmittelbar neben der Mauer ein Bürohochhaus zu errichten, gingen die Meinungen naturgemäß auseinander, am Versuch, sie zu untertunneln, jedoch nicht.

»Hören Sie mir überhaupt zu, Herr Kommissar?«

»Natürlich, wo denken Sie hin!«

»Dann frage ich mich, wie Sie zu Ihrer abenteuerlichen ...«

»Für das Mitglied einer Zunft, die es mit der Wahrheit nicht sonderlich genau nimmt, nehmen Sie den Mund erstaunlich voll.« Krokowski fuhr herum, griff in die Jackentasche und holte eine Klarsichthülle samt dazugehörigem Beweisstück hervor. »Ich nehme an, Sie wissen, was das ist?«

»Wollen Sie mich auf den Arm nehmen, oder was? Dass das ein Scheck ist, weiß ja wohl jedes …« Van der Eyck versagte die Sprache und es dauerte geraume Zeit, bis er sich gefangen hatte. »Darf man fragen, was das soll?«

»Das hier stammt vom Tatort. Wie ersichtlich, handelt es sich dabei um einen Scheck über 50.000 Mark, ausgestellt auf Ihren Namen.«

Van der Eyck baute sich vor Krokowski auf und grinste. »Und woher wollen Sie das wissen?«

»Trägt er Ihre Unterschrift – ja oder nein?«

»Wir sind hier nicht in der Prinz-Albrecht-Straße, Herr Kommissar. Mäßigen Sie Ihren Ton, sonst …«

»Sonst was?« Mit der Geduld am Ende hatte sich Sydow ebenfalls erhoben. »Leugnen Sie, dass Ihr Reporter vor Ort war – ja oder nein? Falls ja, wundern Sie sich nicht, wenn Ihnen demnächst eine Vorladung ins Haus flattert. Falls nein, lassen Sie sich gesagt sein, dass ich die Faxen allmählich dicke habe. Daher nochmals, zum Mitschreiben: Da ich Lust verspürte, mir die Beine zu vertreten, bin ich heute Morgen spazieren gegangen. Ich denke mir nichts Böses, da sprintet Ihr Kollege auf mich zu. Rennt mich beinahe über den Haufen. Dabei scheint es sich um Paul Gierke, von Beruf Reporter, gehandelt zu haben. Irrtum so gut wie ausgeschlossen. Riecht förmlich nach Sensationsstory, hab ich recht? Dumm nur, dass es bei dem Tête-à-Tête zu einem unvorhergesehenen Zwischenfall gekommen ist. Na, fängt's jetzt an zu klingeln?«

»Keine Ahnung, wovon Sie sprechen, Herr Kommissar.«

»Kriminalkommissar z. b. V., wenn ich bitten darf. Ordnung muss sein. Soll ich Ihnen was sagen, van der Eyck? Typen wie Sie kann ich auf den Tod nicht ausstehen. Und wissen Sie auch, warum? Weil Sie denken, Sie können sich alles erlauben. Wozu die Wahrheit sagen, wenn's auch unkomplizierter geht, nicht?«

»Ich muss doch sehr bitten, Herr …«

»Sydow. Was Sie betrifft, bitte mit ›von‹. So, und jetzt rücken Sie endlich mit der Wahrheit raus.«

»Will heißen, unsere Geduld ist definitiv erschöpft. Leugnen ist zwecklos, van der Eyck: Es bringt nichts, wenn Sie weiterhin auf Durchzug schalten.« Kokowski schlug mit dem Handrücken gegen die Folie. »Worum ist es bei dem Treffen im Wilde-Park gegangen? Und welche Informationen waren Ihnen 50.000 Mark wert?«

»Was heißt überhaupt ›Informationen‹!«, empörte sich van der Eyck, der nicht wahrhaben wollte, dass das Spiel verloren war. »Und außerdem: Wer sagt Ihnen, dass das meine Unterschrift ist?«

»Na schön!«, antwortete Krokowski, betrachtete die Unterschrift auf dem Scheck und reichte das Beweisstück an Sydow weiter. »Anscheinend wollen Sie es nicht anders.«

»Und Sie können anscheinend nicht anders, Herr Kommissar. Unbescholtene Bürger mit Verdächtigungen überhäufen. Und dann noch behaupten, ich hätte diesen Scheck ausgestellt, einfach unfassbar, so etwas!«

»Aber dennoch nicht von der Hand zu weisen.«

»Dann beweisen Sie es mir, Herr Kommissar. Das heißt, falls Sie dazu fähig sind.«

»Nichts leichter als das.«

»Wie meinen?«

»Darf ich Sie um einen Gefallen bitten, Herr van der Eyck?«

»Um jeden!«, heuchelte der Chefredakteur, seines Sieges absolut gewiss. »Verfügen Sie über mich, Herr Krokowski.«

»Sind Sie so gut und werfen einen Blick in die Zeitung, die auf Ihrem Schreibtisch liegt?«, entgegnete der Angesprochene, einen Blick im Gesicht, den Sydow nur zu gut kannte. Wenn Kroko dieses Lächeln aufsetzte, musste er etwas in der Hand haben. »Von heute, hab ich recht?«

»Sie zählen doch nicht etwa zu unseren Lesern, oder?«, giftete van der Eyck, nahm das Blatt mit dem roten Logo und den vier weißen Lettern zur Hand, blätterte um – und musste sich erst einmal setzen.

»Wenn ich ehrlich bin, hätte ich Sie für klüger gehalten!«, spottete Krokowski, nachdem er sich zu van der Eyck gesellt und einen Blick auf die Kolumne auf Seite 2 geworfen hatte. »Aber was soll's – man kann schließlich nicht an alles denken!«

Woran merkten die Ermittler, dass van der Eyck entgegen seiner Aussagen in den Fall verwickelt ist?

Lösung: 2. Rätsel-Krimi, Berlin

Die Unterschrift auf dem Scheck und die dem Original nachempfundene Signatur unter dem Leitartikel sind identisch.

FRANK GOLDAMMER
SEITENWECHSEL

Gefrorenes Laub knirschte leise unter Tauners Füßen, als er ans Ufer des Tümpels trat. Er hatte die Hände tief in die Taschen seines Mantels vergraben, zog die Schultern hoch und fröstelte. Es war völlig windstill. Sein ausgestoßener Atem gefror in der Luft. Der See war nicht größer als zwei Fußballfelder, von allen Seiten wuchs der Wald bis ans Ufer. Es war ein Buchenwald, der wunderbar aussah in seiner herbstlichen Pracht, nur rings um den See mischten sich kleine graue Birken mit verkümmerten Fichten und niedrigem Gebüsch. Es gab keinen Strand, nicht einmal einen schmalen Sandstreifen. Ein kleiner Steg ragte genau am gegenüberliegenden Ufer ins Wasser, dort hatte die Wasserrettung ein Schlauchboot ins Wasser gelassen. Offensichtlich beließen sie es auch vorerst dabei, die Wellen glätteten sich, bald lag der See wieder spiegelglatt, nur in dessen Mitte dümpelte ein alter schwarzer Holzkahn, nicht viel größer als eines der Ruderboote, wie man sie auf dem Carolasee im Großen Garten mieten konnte.

Hinter Tauner durchbrach etwas Großes schnaufend das Unterholz. Tauner drehte sich nicht um, zuckte nicht einmal, obwohl er wusste, dass gerade hier, nicht weit vom Schloss Moritzburg, große Wildschweinrotten ihr Unwesen trieben. Doch für Wildschweine war es die falsche Zeit, so früh am Morgen hatten sie ihr nächtliches Tagwerk beendet und schliefen irgendwo. Was hinter ihm durchs Dickicht brach, konnte jedoch ebenso verheerend sein wie eine Rotte Wildschweine, zumindest für ein hübsch angerichtetes Buffet.

»Man könnte meinen, einer der Elche ist aus dem Wildgehege ausgebrochen«, murmelte Tauner, als sein großer schnaufender Kollege neben ihm stehen blieb.

»Wir sind auf der falschen Seite!«, brummte der Angesprochene in seinen vollen Bart, ohne auf den Vorwurf einzugehen. »Hab's doch gleich gesagt«, fügte er noch hinzu. Dann drehte er sich um und verschwand in der Schneise, die er geschlagen hatte.

Tauner blieb eine Weile, lauschte dem leisen Fluchen und Schimpfen, bis es endlich verklang. »Keinen Sinn für den Zauber der Morgenstund«, sagte er und sog noch einmal Luft ein. Es roch leicht modrig, ein wenig nach Pilzen, nach Harz und altem Laub, doch hauptsächlich nach frischer Luft. Weder war es seine Zeit noch der richtige Ort für ihn. Er war ein Stadtmensch und hier im Wald völlig fehl am Platze, doch gerade in diesem Moment, mit dem Blick auf den See, die rot und golden gefärbten Blätter der Bäume, den Reif auf dem vorjährigen Laub und dem stahlblauen Himmel, der sich im Wasser spiegelte, fühlte er sich gut, auch wenn die Kälte an seinen Ohren und an seinen Zehenspitzen nagte.

»Gommste nu?«, dröhnte die Stimme seines Kollegen aus dem Wald. Gleichzeitig setzte drüben am anderen Ufer endlich Aktivität ein. Drei Männer bestiegen das Schlauchboot, einer, der wahrscheinlich beim Knobeln verloren hatte, trug einen Taucheranzug.

»Arme Sau«, sagte Tauner leise für sich.

Der See war zu klein, als dass es sich lohnte, den Motor anzuwerfen, so paddelten die Männer zu dem alten Kahn in der Mitte des Sees. Einer griff nach der Bordwand, zog das Boot heran, bis sie Seite an Seite lagen.

Der Kahn war leer. Auf dem Steg hatten sie eine Mütze und ein Paar dünne Handschuhe gefunden. Was sie suchten, war der Mann, dem die Sachen gehörten. Der Mann war seit zehn Tagen vermisst. Man musste annehmen, dass er im Wasser lag, irgendwo unten im schlammigen Grund, zwischen verdutzten Fischen, die schüchtern waren, weil sie selten Besuch bekamen. Die Frau des Vermissten und deren neuer Liebhaber, der Parteifreund Kuhlmann, saßen zurzeit in Dresden im Polizeipräsidium in zwei getrennten Räumen und durften darüber nachdenken, ob die Möglichkeit bestand, dass der gesuchte Herr Mönchrad in den Urlaub gefahren war, oder zu seiner greisen Mutter nach Hannover und der gefälschte Abschiedsbrief nur so etwas wie ein makabrer Scherz gewesen war, mit dem er zum Ausdruck brachte, wie sehr ihm die Trennung von seiner Frau missfiel. Dass man gerade alle Vorbereitungen traf, die Leiche des Mannes in einem Tümpel zu suchen, wussten sie noch nicht. Tauner wollte ihnen damit eine Überraschung bereiten. Mönchrads Mütze, seine Handschuhe und den dümpelnden Kahn hatte ein Jäger gefunden, ein Freund des Vermissten und ebenfalls Parteigenosse, denn Mönchrad war der CDU-Ortsgruppenleiter in diesem Wahlkreis, und der Jäger kannte ihn seit über 20 Jahren, seit Mönchrad aus dem Westen gekommen war, um der ostdeutschen CDU Aufbauhilfe zu leisten. Mönchrad war sehr beliebt in der Gegend, nicht nur bei den CDU-Wählern, denn er schien manchmal ein Gewissen zu haben. So erhob er im Bauaufsichtsamt gern seine Stimme gegen unsinnige Projekte, kaufte den Grünen den Schneid ab, indem er manchmal viel grüner war als sie, und den Linken grub er auf humorvolle Weise das Wasser ab mit seinem ›Linksgedreht e. V.‹, einem Verein gegen die Diskriminierung von Linkshändern, dem er vorsaß, weil einer seiner Söhne Linkshänder war. Auch sonst war er sehr umtriebig, wenn es galt, neue Tore für den Fußballplatz, eine neue Turnhalle für die Grundschule oder einen neuen Parkplatz für Touristenbusse zu organisieren. Nur die neue Schnellstraße hatte er nicht verhindern können.

Jetzt ließ der Taucher sich ins Wasser fallen, kam schnaufend wieder hoch, richtete Brille und Mundstück, ließ sich eine Lampe reichen und entschwand. Schon kurze Zeit später tauchte er wieder auf und reckte den Daumen in die Höhe. Zeit für Tauner endlich zur anderen Seite zu gelangen.

Als er ankam, war Hauptkommissar Uhlmann längst da, hockte schwerfällig neben der geborgenen Leiche darnieder, die bleich und aufgequollen auf einer blauen Plastikplane auf dem gefrorenen Waldboden lag. »Scheint eindeutig«, brummte er und sagte dann noch etwas, das sich leise wie ›verdammter Verschwörungskram‹ anhörte.

»Ach ja?«, fragte Tauner provozierend. Der Tote war nicht ertrunken, er hatte sich auf dem Kahn in den Kopf geschossen, das war recht eindeutig, links ein sauberes kleines Einschussloch, rechts ein großes hässliches Loch, aus dem die Kugel ausgetreten war. Wahrscheinlich wollte er keine Sauerei anrichten oder ganz auf Nummer sicher gehen, sodass er noch ertrank, falls der Schuss sich nicht als tödlich erwies, was zwar unwahrscheinlich, aber doch schon vorgekommen war. Nur ein Fakt störte.

»Was willst du denn noch?«, schnaufte Uhlmann und stemmte sich schwerfällig in die Höhe. »Der liegt tot im See, ein Abschiedsbrief ist auch da und sein Zeigefinger klemmt noch im Abzug der Pistole.«

Der Abschiedsbrief war in Tauners Augen eine Fälschung. Völlig untypisch für ein letztes Statement – nur ein gedrucktes Blatt Papier, vollkommen unpersönlich und ohne irgendeine Speicherspur in irgendeinem von Mönchrads Computern. Es kam nicht einmal aus einem seiner Drucker, hatten sie herausgefunden. Dafür wies es zwei Fehler auf, die laut Kuhlmanns Sekretärin typisch für ihn waren. Das ›das‹ mit Doppel s in rauen Mengen und fehl am Platze, außerdem das Wörtchen ›wie‹, welches sich unter seinem flinken Zweifingerschlag oft und gern in ein sinnfreies ›wei‹ verwandelt hatte. Dieses Indiz hatte Tauner veranlasst, Frau Mönchrad und Herrn Kuhlmann vernehmen zu lassen.

Dass nun ausgerechnet dieser andere Parteifreund, Herr Hahn, ein deutschlandweit bekannter Koizüchter, auf der Pirsch den verlassenen Kahn fand, von dem aus der Tote in den See gestürzt war, entbehrte nicht einer gewissen Tragik. Mönchrads losgelassener Hund hatte erst wenige Wochen zuvor ein teures Massaker an Hahns unbeaufsichtigten japanischen Karpfen angerichtet. Hahn hatte zum Grillfest geladen und vergessen, die Abdeckung des Zuchtbeckens zu verschließen, welche die schwimmenden Raritäten vor Raubvögeln und anderem Getier schützen sollte. Tauner wusste das aus den Zeitungen, die diesen Unfall mangels interessanterer Themen zwei Tage lang bearbeitet hatten. Das Massaker, dem vier der teuersten Kois zum Opfer gefallen waren, hatte Mönchrads Versicherung veranlasst, ihre Anwälte zusammenzutrommeln, und hatte außerdem ein tiefes emotionales Loch in die fischliebende Seele Herrn Hahns gerissen. All das hätte nichts bedeuten müssen, wenn Hahns Allradjeep nicht sämtliche möglichen Spuren am Steg und auf dem Weg dahin zerfahren hätte.

Vielleicht versuchte hier der eine dem anderen eins auszuwischen, dachte Tauner. Denn Parteifreunde waren nicht immer nur Freunde, sondern hatten wahrscheinlich auch gemeinsamen Dreck am Stecken und in den 20 oder 30 Jahren, die sie sich schon kannten, mochte einiges zusammengekommen sein. Tauner war sich Letzterem besonders sicher, denn anders konnte es nicht sein, sonst sah er nämlich keinen Grund, warum ein Mensch Politiker werden sollte, wenn nicht um Macht auszuüben und sich dabei zu bereichern. Mönchrad hatte außerdem recht kurzfristig angekündigt, für den Landtag zu kandidieren, und dadurch aufgrund seiner Beliebtheit die Kandidaturen Kuhlmanns und Hahns untergraben.

Es könnte also so einfach sein, sinnierte Tauner, wäre da nicht der Bauunternehmer Fügler, der fest damit gerechnet hatte, den Zuschlag für den Bau der Schnellstraße zu erhalten. Dazu hatte er offenbar Einiges geleistet, hatte einen Busparkplatz spendiert, neue Tore für den Fußballplatz und die neuen Gehwege für die Turnhalle. Nun war der Auftrag aber an die TKW Tiefbau AG gelangt und hatte die Fügler und Bramsch Baugenossenschaft in eine so prekäre finanzielle Situation gerissen, dass die Insolvenz drohte. Eine Katastrophe in der über hundertjährigen Geschichte der Firma, die zwei Kriege und den Zusammenbruch der DDR überlebt hatte.

›Wenn dieser Mönchdings mir jemals in die Finger geraten sollte, mach ich ihn kalt‹, hatte der alte Fügler am Abend nach der Auftragsvergebung lauthals verkündet, während er sich in seiner Stammkneipe betrunken und mit der Zeitung gewedelt hatte, die vom Koi-Massaker berichtet und die beiden betreten dreinblickenden Lokalpolitiker abgelichtet hatte. Niemand traute dem schwergewichtigen 60-Jährigen einen Mord zu, eher dass er jemanden auf der Straße verprügelte. Aber verdächtig war er allemal.

»Stimmt!«, sagte Tauner und verblüffte seinen Kollegen, der nach solch einer langen Denkpause schon gar nicht mehr mit einer Fortsetzung des Dialogs gerechnet hatte.

»Also ist die Sache erledigt?«, fragte Uhlmann hoffnungsvoll und freute sich wohl auf Brötchen und Kaffee.

Tauner freute sich auch. Er mochte es, wenn sich jemand für schlau hielt, und er beweisen konnte, dass er schlauer war. »Noch nicht, ruf die Staatsanwältin an, wir müssen jemanden verhaften.«

Lösung: 3. Rätsel-Krimi, Dresden

Mönchrad hat sich mit links in den Kopf geschossen, ein sicheres Zeichen dafür, dass jemand alles richtig machen wollte und dann doch nur halb informiert gewesen war. Mönchrads Frau und seine Parteigenossen Hahn und Kuhlmann kannten ihn lang genug, um zu wissen, dass Mönchrad nur aus Sympathie dem Verband der Linkshänder vorstand, jedoch selbst kein Linkshänder war. Fügler jedoch, der Mönchrad nur aus der Zeitung kannte, wusste das nicht. Demzufolge hatte Fügler Mönchrad umgebracht und versucht, einen Selbstmord vorzutäuschen.

STEFAN KELLER
MIT BLUT SIGNIERT

Manchmal war das morgendliche Training selbst für Marius Sandmann die Hölle. Umso mehr, weil er sich die Nacht zuvor mit der Überwachung eines untreuen Ehemannes um die Ohren geschlagen hatte. Der Privatdetektiv war froh, als ein stürmisches Schellen ihn zwang, sich vom Türreck hinunterzuschwingen.

Als er in Trainingshose und Kapuzenshirt öffnete, betrat ein kleiner, glatzköpfiger Mann sein Büro, der ihn hinter den runden Gläsern einer schwarzen Metallbrille musterte.

»Sie sind der Privatdetektiv?« Marius nickte. »Mein Boss möchte Sie sehen.« Der Mann drehte sich um und ging zur Tür. Offensichtlich war er es gewohnt, dass man ihm folgte. Marius allerdings hatte nicht die geringste Lust, sich dem kleinen Mann unterzuordnen.

»Sagen Sie mir erst einmal, worum es geht und wer Sie sind!«

Irritiert drehte sich der Mann um und blinzelte nervös. »Mein Name ist Urian, ich bin Sekretär des Industriellen Ludwig Ziffer. Sicher haben Sie von ihm gehört. Er wünscht Sie zu sprechen.«

»Ein Auftrag?«

Urian drehte den Kopf fast schon unnatürlich weit zurück und blickte Marius tadelnd an. »Natürlich. Können wir jetzt gehen? Es eilt.«

Der Detektiv deutete auf seine Kleidung. »Vielleicht sollte ich mich umziehen.«

»Nein«, Urian schüttelte den Kopf.

Auf der Straße parkte ein schwarzer Rolls-Royce in zweiter Reihe. Ein Chauffeur sprang heraus und öffnete ihnen die Tür.

»Sie wissen über meinen Boss Bescheid?«

»Nur das, was in der Zeitung steht: Ludwig Ziffer ist ein Unternehmer, der sich nach oben gearbeitet und ein Vermögen mit Fernwärmetechnik erworben hat. Außerdem besitzt er angeblich eine bemerkenswerte Kunstsammlung. Ich nehme an, mein Fall hat mit dieser Sammlung zu tun?«

»So ist es. Sie sind nicht nur Detektiv, sondern kennen sich auch mit Kunst aus.« Urian hob warnend einen knochigen Finger. »Herr Ziffer ist ein hochsensibler Mann! Beachten Sie das!«

»Wohnt er allein?«

Urian zögerte. »Nein«, antwortete er schließlich, »seine Frau und seine Tochter leben bei ihm.«

Über den Rückspiegel suchte Marius Blickkontakt zu seinem Sitznachbarn. Der wich aus. »Sie verstehen sich nicht gut mit ihnen?«

»Es sind geldgierige Schlampen!«, entfuhr es dem Privatsekretär, bevor er sich buchstäblich auf die Lippe biss.

Den Rest ihrer Fahrt schwieg er. Schließlich hielt der Rolls vor einer eisernen Toreinfahrt, die sich wie von Geisterhand öffnete. Ein gepflasterter Weg führte durch einen kleinen Tannenwald hoch zu einer gotisch anmutenden Villa.

Drinnen hinkte Ziffer ihnen von einer Treppe, die offensichtlich in den Keller führte, entgegen und streckte Marius beide Hände zur Begrüßung hin.

»Sie müssen der Privatdetektiv sein! Mein Retter!«

Noch bevor Marius etwas erwidern konnte, packte Ziffer seine Hände und schüttelte sie kräftig.

»Marius Sandmann, Privatdetektiv«, stellte er sich vor, »womit kann ich Ihnen helfen, Herr Ziffer?«

»Nennen Sie mich Lu!«, erwiderte sein neuer Auftraggeber überschwänglich. Sein Haar war streng nach hinten gegelt, aus einem kräftigen Gesicht schauten kleine Augen, fast ebenso schwarz wie die Haare. Am bemerkenswertesten waren Ziffers Augenbrauen, die sich in einem kräftigen Schwung nach oben neigten.

»Ihr Sekretär wollte mir nicht verraten, warum ich hier bin.«

»Urian ist ein diskreter Mann. Deswegen beschäftige ich ihn.« Für einen Moment erlosch sein jovialer Charme. »Das erwarte ich selbstverständlich auch von Ihnen. Nichts, was Sie hier sehen oder hören, darf nach draußen dringen. Haben wir uns verstanden?«

Marius wurde es heiß. Er nickte rasch. »Diskretion gehört zu meinem Beruf.«

»Gut«, sagte Ziffer bestimmt, »dann kommen Sie mit.«

Der Hausherr legte Marius die Hand auf die Schulter und führte ihn die enge Kellertreppe hinunter in einen überhitzten Gewölbekeller aus gebrannten Ziegeln. Der Raum war unter seinem Tonnengewölbe kaum mannshoch und vollkommen leer.

Misstrauisch schaute der Detektiv Ziffer an. »Was machen wir hier?«

»Er prüft Sie«, hörte Marius eine Stimme hinter sich. Ein Mädchen, wohl um die 16 Jahre alt, kam die Treppe hinunter, eilte an ihm vorbei und warf sich Ziffer in die Arme.

»Papa!«

»Meine Süße!« Er wuschelte dem Mädchen durch die grellrot gefärbten Haare, dann blickten beide Marius an.

»Meine Tochter Belle. Marius Sandmann, ein Privatdetektiv.« Die Ähnlichkeit der beiden war verblüffend. Vier kleine fast schwarze Augen starrten den Detektiv mit kaum unterdrückter Belustigung an.

»Glaubst du, er findet es, meine Kleine?«

»Ich weiß nicht. Er sieht nicht dumm aus. Auf der anderen Seite kann das auch täuschen. Bekomme ich 500 Euro, wenn er es schafft?«

»50 reichen wohl aus«, antwortete Ziffer empört. Das Mädchen schlug ein. Sie zwinkerte Marius zu, der langsam die jahrzehntealten Wände abschritt. Solche Gewölbe wurden seit über hundert Jahren nicht mehr gebaut. Mit den Händen fühlte er die raue Oberfläche der Ziegel, spürte die kleinen getrockneten Bläschen im Mörtel und verharrte schließlich an einem leicht wackligen Stein am Ende des Raumes. Vater und Tochter grinsten ihn an. Marius zog an dem Stein. Nichts geschah.

»Vielleicht ist er doch nicht so schlau, wie er aussieht, Papa?«

»Das macht die Brille, das lässt sie immer klüger erscheinen, meine kleine Belle!« Der Detektiv ignorierte den Spott. Stattdessen klopfte er den Stein prüfend ab und mit einem lauten Quietschen schwang ein zwei Quadratmeter großes Stück der Mauer neben ihm auf. Belle klatschte begeistert in die Hände. Ziffer zückte sein Portemonnaie, ein sündhaft teures Exemplar aus Schlangenleder, und drückte seiner Tochter einen 50-Euro-Schein in die Hand.

»Kann ich Ihnen das vom Honorar abziehen?«, fragte er den Detektiv. Der verneinte und betrat den geheimen Raum. Ziffer folgte ihm, hätte Marius allerdings fast umgerannt, denn der Detektiv war mit offenem Mund stehen geblieben. Nicht nur dass der Raum um einiges größer war, als man das erwarten konnte. Er enthielt auch die wohl größte Bildersammlung, die der Detektiv jemals außerhalb eines Museums gesehen hatte.

»Nicht schlecht, oder?«, flüsterte der Hausherr ihm über seine Schulter hinweg ins Ohr.

»Beeindruckend«, bestätigte Marius. Linker Hand versammelte sich eine Galerie alter Meister, ein Dürer-Selbstporträt, die üppigen Schönheiten Rubens, eine weite Landschaft Rembrandts, Michelangelo, da Vinci, Vermeer konnte der frühere Kunsthistoriker auf Anhieb identifizieren. Auf der anderen Seite des Saales hing die Klassische Moderne: Picasso, Matisse, Renoir. An der hinteren Wand entdeckte er die Zeitgenossen: Lüppertz, Richter, Koons, Hirst, Meese. Die gesamte Kunstgeschichte der letzten 500 Jahre war in diesem Saal versammelt. Unbezahlbare Schätze! An ein paar Stellen entdeckte Marius Lücken.

»Sie sind bestohlen worden.«

»Gestern Nacht.«

Marius riss sich vom Anblick der Meisterwerke los, auch wenn er hier Stunden, nein Wochen hätte bleiben mögen, um die Bilder zu bestaunen, und ging zu einer der leeren Stellen, wo die aufgehellte Tapete deutliches Zeugnis abgab, das hier bis vor Kurzem ein anderes, vermutlich ebenso wertvolles Meisterwerk gehangen hatte.

»Wird dieser Raum videoüberwacht?«

Ziffer schüttelte den Kopf. »Das erschien mir nie notwendig. Das Gelände rund ums Haus wird überwacht, die Räume nicht.«

»Haben Sie auf der Videoüberwachung gesehen, ob jemand ins Haus gekommen ist?«

»Nein, da war niemand.«

»Gibt es einen anderen Weg, um hier herein- oder herauszukommen?«

»Wie meinen Sie das?«

»Einen Geheimgang oder so etwas.«

Ziffer schüttelte den Kopf. »Nein, so etwas gibt es nicht.« Er grinste schief. »Lebend kommt man hier nur durch die Tür wieder heraus.«

»Was ist das denn hier?« Eine Frau stand im Eingang zu Ziffers Privatmuseum, betrachtete die Bilder und die beiden Männer in der Mitte des Saales.

Ziffer rollte genervt mit den Augen. »Das ist Kunst! Nichts, wovon du etwas verstehst. Also lass uns allein. Wir haben zu tun.«

»Aber was bei Gott …«

»Bitte nicht fluchen«, wies Ziffer sie zurecht.

»Was ist das für ein Raum? Wieso kenne ich den nicht? «

»Vermutlich, weil du hier nicht shoppen kannst?«

Statt zu antworten, deutete sie mit einem perfekt manikürten Finger auf Marius. Der Detektiv wollte sich vorstellen, sein Auftraggeber kam ihm zuvor.

»Das ist Herr Sandmann. Ein Detektiv. Herr Sandmann, meine Exfrau Lilith.«

»Sie kennen diesen Raum nicht?«, fragte Marius die Frau. Die schüttelte den Kopf.

»Meine Exfrau weiß vieles nicht, das zeichnet sie aus«, erläuterte der Hausherr.

»Wie ist sie denn überhaupt ins Haus gekommen?«

»Sie wohnt hier.«

»Sie wohnt hier?«

»Trennungen sind schwierig, wenn man so lange zusammengelebt hat wie wir. Außerdem: Wo sollte sie hin?«

»Und Ihre Tochter?«

»Ein Goldstück!« Ziffer lächelte selig.

Der Detektiv wandte sich wieder den Bildern zu. »Der Dieb hat es auf die kleineren, gut zu transportierenden Gemälde abgesehen«, stellte er fest, »die leeren Stellen gehören zu den kleinsten Bildern ihrer Sammlung.«

»Trotzdem hat er Millionenwerte beiseitegeschafft«, antwortete Ziffer mit unterdrückter Wut. »Und keine Spuren hinterlassen!« Der Hausherr stampfte mit dem Fuß auf. Der Boden vibrierte leicht.

»Ein paar Spuren hat er doch hinterlassen.« Marius deutete auf den schwarzen Rand eines Fußabdrucks am Eingang.

»Nur leider ist der Abdruck zu schlecht, um uns weiterzuhelfen«, stellte Ziffer fest.

»Vielleicht hilft uns aber das weiter!« Zwischen Daumen und Zeigefinger hielt Marius ein blondes Haar in die Höhe. »Ich glaube, ich kann Ihnen sagen, wer Ihre Bilder hat «

Erfreut schaute Ziffer den Detektiv an. »Urian hat Sie nicht umsonst gelobt. Gehen wir nach oben!«

»Darf ich noch einen kurzen Blick …?«

»Natürlich, schauen Sie sich um!«

Marius begann seinen Rundgang bei den zeitgenössischen Malern, rot leuchtete die Signatur Polkes ebenso wie Neo Rauchs daneben. Irritiert tippte er mit dem Finger auf den Schriftzug, etwas Farbe blieb zurück. Er steckte den Finger in den Mund, die Farbe schmeckte metallisch wie Blut.

»Der Erfolg hat seinen Preis«, hörte er die Stimme Lu Ziffers hinter sich.

Lösung: 4. Rätsel-Krimi, Köln

Lilith war's, denn das Haar kann nur ihr Haar sein. Urian ist glatzköpfig, Ziffer hat schwarzes Haar, Belles Haar ist rot gefärbt.

MICHAELA KÜPPER
TOD AUF DER WEIHNACHTSFEIER

Mord und Totschlag im Möbelhaus Stegemeier in der Siegburger Bahnhofstraße! Die Polizei nimmt umgehend ihre Ermittlungen auf. Familie Stegemeier zieht jedoch auch die private Ermittlerin Johanna Schiller zurate, die ihre Karriere einst als Kaufhausdetektivin im Möbelhaus Stegemeier begann.

Polizeiobermeister Geringer, mit dem die Schiller befreundet ist, lässt ihr um 6.13 Uhr per E-Mail das von ihm verfasste Protokoll des Tathergangs zukommen. Um 6.27 Uhr erhält er die elektronische Nachricht, der Fall sei gelöst.

VERLAUFSPROTOKOLL des 17./18. Dezember, 19 Uhr bis 3.48 Uhr

19 Uhr: Die Belegschaft des Möbelhauses Stegemeier findet sich in den Konferenzräumen der Chefetage zur alljährlichen Weihnachtsfeier ein.

Zum Aperitif wird ein Glas Sekt mit einem Schuss Johannisbeersaft gereicht. Personalrat Werner Hageberg ergänzt das Getränk unauffällig reihum durch einen kräftigen Schuss Wodka mit dem Ziel, die ausstehende Ansprache von Seniorchef Walter Stegemeier vergnüglicher zu gestalten.

20.22 Uhr: Seniorchef Walter Stegemeier hat seine 16-seitige Zusammenfassung der Umsatzentwicklung des vergangenen Jahres unter vergleichender Berücksichtung der Entwicklungen der letzten fünf Jahre vom Blatt abgelesen und schließt mit dem Dank an die Belegschaft für die vertrauensvolle Zusammenarbeit.

20.25 Uhr: Eventkoch Gianni Ferraro eröffnet das Buffet. Vor Ort flambiert er ein Pfännchen Scampi mit einer Cola-Rum-Kirschwasser-Kombination und setzt dabei beinahe Kassiererin Beate Hull in Brand, die sich in erwartungsvoller Neugier zu weit vorgebeugt hat. Das Essen verläuft ansonsten unauffällig.

20.52 Uhr: Das Buffet ist restlos abgeräumt und Juniorchef Benni Stegemeier schlägt vor, mit einer gemütlichen Feuerzangenbowle weiterzumachen. Die Belegschaft wechselt geschlossen an den Konferenztisch in Raum 1.

22 Uhr: Staplerfahrer Werner Gruber stimmt das Ave-Maria an. Seniorchef Walter Stegemeier zieht sich in sein Büro zurück.

22.45 Uhr: Lageristin Claudia Bär findet Abteilungsleiter Dieter Remser (Bereich: Logistik) vereint mit Lohnbuchhalterin Renate Wild in der Bettenabteilung vor, als sie sich selbst gerade ein paar Minuten Ruhe gönnen möchte.

Zeitgleich kommt es in der Chefetage zum Tumult, weil Personalrat Werner Hageberg Juniorchef Benni Stegemeier vorwirft, durch heuchlerische Verbrüderungsaktionen die Belegschaft einzulullen. Außerdem habe Stegemeier junior ihn bei der letzten Lohnerhöhung nicht berücksichtigt.

Abteilungsleiter Manfred Lahn (Bereich: Wohnwelten) will beschwichtigend einlenken, bekommt aber von Verkäufer Frank Huhn einen Schlag ins Gesicht, der ihm vorwirft, ein alter Speichellecker und Arschkriecher zu sein. Kassiererin Beate Hull holt daraufhin mit ihrer Handtasche aus und trifft Verkäufer Frank Huhn empfindlich am Auge. Auf Manfred Lahn lasse sie nichts kommen, rechtfertigt sie ihr Handeln.

Um den Konflikt zu entschärfen, schenkt Staplerfahrer Werner Gruber eine weitere Runde Feuerzangenbowle aus.

Prokurist Markus Weiler lockt unterdessen Auszubildende Vanessa Häberle in das Büro des Seniorchefs unter dem Vorwand, er wolle ihr »mal ein paar Geheimnisse aus der Chef-Schublade zeigen«. Vanessa Häberle wittert den Braten, als Weiler versucht, sie gegen den Schreibtisch zu drücken, woraufhin sie ausweicht und rückwärts in den Chefsessel plumpst. Der im Sessel ruhende Seniorchef Walter Stegemeier lässt sich von diesem Vorkommnis nur kurzfristig irritieren und schläft durch bis zum Feueralarm um 23.47 Uhr.

Im letzten Moment kann der Einsatz der Rettungsfahrzeuge gestoppt werden, als sich herausstellt, dass Küchenmonteur Gerd Schmitz, Auftragssachbearbeiter Max Krauthausen und Großhandelskaufmanns-Azubi Julius Kelter sich gemeinsam auf die Herrentoilette zurückgezogen hatten, um »in Ruhe eine zu rauchen«, was wiederum den Rauchmelder aktivierte.

Seniorchef Walter Stegemeier schläft wieder ein.

1.30 Uhr: Die meisten Gäste brechen auf. Nur noch Juniorchef Benni Stegemeier, Einkäufer Bernd Biege, Personalrat

Werner Hageberg, Auftragssachbearbeiterin Verena Koch, Abteilungsleiter Manfred Lahn, Kassiererin Beate Hull, Verkäufer Frank Huhn, Küchenmonteur Gerd Schmitz und der schlafende Seniorchef befinden sich im Gebäude.

Man möchte den Abend besinnlich ausklingen lassen, doch dann fängt Verkäufer Frank Huhn mit alten Geschichten aus der Bäderabteilung an, und die Situation droht erneut zu eskalieren. Keiner der Anwesenden kann die folgenden Minuten zusammenhängend, sachlich und präzise beschreiben.

2.45 Uhr: Verbürgt ist allerdings, dass Kassiererin Beate Hull erneut mit Verkäufer Frank Huhn in Streit gerät (Konferenzraum 1). Zeitgleich schließt sich Auftragssachbearbeiterin Verena Koch weinend im Damenklo ein, weil ihr Lebensgefährte, Einkäufer Bernd Biege, sie der Untreue bezichtigt hat.

3 Uhr: Verkäufer Frank Huhn und Abteilungsleiter Manfred Lahn plündern den Kühlschrank im Personalraum, während Verkäuferin Beate Hull durch die geschlossene Tür der Damentoilette versucht, Auftragssachbearbeiterin Verena Koch Trost zu spenden. Sie bietet ihr ein Glas Milch an, das Verena Koch jedoch mit Hinweis auf ihre Laktose-Intoleranz ablehnt.

Gegen 3.10 Uhr verlässt Verkäufer Frank Huhn den Personalraum, um Seniorchef Walter Stegemeier mit dem eigentlich für Verena Koch bestimmten Glas Milch zu wecken. Anschließend spielen beide eine Partie Mühle.

Monteur Gerd Schmitz hält sich unterdessen im Küchenstudio auf, wo er provisorisch einen Herd anschließt, um ein paar übriggebliebene Cola-Rum-Scampis zu erwärmen, die er hinter dem Beamer in Konferenzraum 2 entdeckt hat. Personalrat Werner Hageberg leistet ihm dabei Gesellschaft.

Kassiererin Beate Hull findet Abteilungsleiter Manfred Lahn im Personalraum vor, während er gerade einen mit einem V gekennzeichneten Joghurt verspeist. Beate Hull bittet ihren Vorgesetzten um Hilfe bei der Suche nach einer verloren gegangenen Kontaktlinse vor der Damentoilette. Manfred Lahn begleitet sie, kann die Linse aber auch nicht finden, woraufhin Auftragssachbearbeiterin Verena Koch das WC verlässt und sich an der Suche beteiligt, jedoch ebenfalls ohne Erfolg.

Kassiererin Hull ruft um 3.17 Uhr ein Taxi und rüstet sich für den Heimweg.

3.24 Uhr: Auf dem Treppenabsatz der Chefetage findet Beate Hull Juniorchef Benni Stegemeier liegend vor. Sofort hegt sie den Verdacht, dass er nicht mehr am Leben sein könnte, da ihm ein Tranchiermesser aus der Kantine im Rücken steckt.

3.42 Uhr: Der eintreffende Notarzt kann nur noch den Tod des Juniorchefs feststellen, der zwischen 3 und 3.10 Uhr eingetreten sein muss.

Wer war der Täter, aus welchem Grund hat er den Mord begangen und wem gehörte der Joghurt?

Lösung: 5. Rätsel-Krimi, Siegburg

Einkäufer Bernd Biege ist der Mörder. Er hat als einziger kein Alibi für den Tatzeitraum. Sein Motiv ist Eifersucht. Er ist der Partner der Auftragssachbearbeiterin Verena Koch, die er wiederum der Untreue mit Juniorchef Benni Stegemeier bezichtigt.

Der mit einem V gekennzeichnete Joghurt gehörte der Auszubildenden Vanessa Häberle. Verena Koch kann er nicht gehört haben, da sie eine Laktoseintoleranz hat.

CHRISTINA BACHER
HINKELS MORD

Basierend auf einem historischen Fall

›Soll das nicht das Hinkel von Ockershausen sein?‹, hatte der Forstläufer Reinhardt vor sich hin gemurmelt und angesichts der Leiche in seinem Revier sofort die Polizei gerufen. Kommissar Danz hatte die schwere Frauenleiche mit seinen Männern in einem Kraftakt auf den Rücken gedreht, mindestens drei Tage hatte sie unter der dicken Eiche oben am Dammelsberg gelegen. Bei den hochsommerlichen Temperaturen, die im Jahre 1861 vorherrschten, war dies sicher kein schöner Anblick für die Männer der Kurfürstlichen Polizeidirektion Marburg gewesen. Und tatsächlich hatte es sich bei der Leiche vom Dammelsberg um die schwangere Dorothea Wiegand gehandelt, die seit Schulzeiten verächtlich das ›Hinkel‹ genannt wurde. Mehr als drei Jahre hatte der Fall die Ermittler in Beschlag genommen, bevor sie den erst 24-jährigen Schuhmacher Ludwig Hilberg verurteilt und ihn am 14.10.1864 durch das Schwert auf dem Rabenstein hingerichtet hatten.

Die Prozessakten füllten auch heute noch – nach über 150 Jahren – vier Pappordner, die im Marburger Staatsarchiv hinterlegt worden waren. Mit einer Sondergenehmigung hatte Kommissar Eckhard Nau die Unterlagen heute Morgen höchstpersönlich ausgeliehen und schließlich seiner jungen Kollegin Katajun Pfeffer auf den Schreibtisch gestellt. »Na, dann mal los«, hatte er dabei schadenfroh gegrinst. »Du hast für die alte Geschichte so lange Zeit, bis eine aktuelle Leiche reinkommt. Die hat dann natürlich Vortritt.«

Katajun blies vorsichtig den Staub von der nächsten Pappschachtel und öffnete den Deckel. Dann ließ sie den Blick nach draußen schweifen – mal wieder Regenwolken über Marburg. Wann sie sich wohl endlich entleeren und der Sonne eine Chance geben würden? Sie musste unaufhörlich an den kleinen Wagner denken, ihren Kater, der gestern nicht nach Hause gekommen war. Was, wenn ihm etwas zugestoßen war? Zwar hatte sie eine Suchmeldung beim Tierheim und der Polizei aufgegeben, das Inspizieren der Nachbargärten musste sie wohl auf den Abend verlegen: Die Gerichtsprotokolle und Briefe des Angeklagten Hilberg waren äußerst unleserlich verfasst, Katajun würde sicher eine Ewigkeit brauchen, um die alte Schrift zu entziffern.

Die ganze Sache hatte sie sich im Grunde selbst eingebrockt, besser gesagt war wieder mal der kleine Wagner schuld gewesen. Der Kater hatte vor ein paar Tagen eine erlegte Maus vor der Haustür liegen lassen, als Geschenk und Zeichen seiner Verbundenheit. Das passierte zu Katajuns Leidwesen häufig. Das Ungewöhnliche diesmal war nur, dass jemand dem toten Tier einen Zettel mit einer Botschaft um den Hals gebunden hatte: ›Hilberg unschuldig!!!‹

Katajun hatte die Maus mit spitzen Fingern auf einem Teller drapiert und trotz später Stunde ihren Kollegen Eckhard Nau angerufen und ihn gebeten, vorbeizukommen. Sie hatte zurzeit niemanden, an den sie sich sonst hätte wenden können. Der Kollege, mit dem sie ihr Bürozimmer teilte, war also gleichzeitig auch ihr engster Vertrauter. Bereits eine Stunde nach ihrem Anruf stand Eckhard Nau frisch geduscht mit einer Flasche Rotwein aus dem Roussillon vor ihrer Tür am Barfüßertor. Dass es sich nur um eine dienstliche Angelegenheit handelte, schien ihn zu enttäuschen. Eine tote Maus mit einer seltsamen Botschaft – na und? Aber da seine Kollegin offenbar so aufgeregt wie nie zuvor wirkte, bot er schließlich ritterlich seine Hilfe an.

Warum nur, fragte sie sich, bekam gerade sie eine solche Botschaft, und was hatte diese überhaupt zu bedeuten?

Eckhard wusste darauf nichts zu sagen und machte von dem Zettel mit der in geschwungener Handschrift verfassten Botschaft ein Foto, bevor er wieder den Nachhauseweg antrat. An der Tür drehte er sich noch einmal um und seine braunen Augen leuchteten plötzlich vor Aufregung: »Vielleicht ist ja Ludwig Hilberg gemeint. Er ist als der letzte Rabensteiner in die Marburger Kriminalgeschichte eingegangen, weil er tatsächlich der Letzte war, der oben an der alten Richtstätte mit dem Schwert hingerichtet wurde. Er hat zuvor angeblich eine Frau geschwängert und schließlich ermordet. Die Tatwaffe – ein scharfkantiges Jagdmesser – habe man bei der Leiche gefunden. Gib mir ein Wochenende Zeit und ich recherchiere den Fall noch mal genauer.« Daraufhin hatte Katajun ihm einen stürmischen Kuss auf die Wange gegeben – sozusagen aus Dankbarkeit.

Jetzt regnete es draußen wie aus Kübeln. Wagner würde schön nass werden, sollte er noch unterwegs sein. Katajun blätterte ohne große Lust weitere Akten zum Hilberg-Prozess durch und fand schließlich einen vergilbten Zettel mit einer geschwungenen blassen Handschrift, der sie interessierte. Es handelte sich offenbar um ein auf Wurstpapier gekritzelter Originalbrief des Angeklagten aus dem Jahre 1862 an seine Zellengenossin Maria Bald, die wegen Diebstahls einsaß: ›Eine herzliche Bitte habe ich an Ihne: eine Laubsäge. Maria, seie Sie gut, und helfe Sie mir. Ein Seil habe ich.‹ Sie hatte ihm offenbar während der Haft Hoffnung auf ein gemeinsames Leben draußen in Freiheit gemacht, obwohl sie mit einem anderen verlobt gewesen war. Hilberg war darauf reingefallen.

Aber anstatt die gemeinsame Flucht vorzubereiten, hatte Maria Bald nach ihrer Entlassung im Mord-Prozess ausgesagt. Hilberg habe seine Schuld ihr gegenüber gestanden. Bis ins Detail habe er den Mord am sogenannten Hinkel beschrieben, so grausam, dass ihr sogar schlecht geworden sei. Balds Aussage führte also letztlich zur Verurteilung des jungen Schuhmachers. Die selbst einst kriminelle Zeugin wurde daraufhin als Heldin gefeiert, worüber ein Zeitungsartikel aus der Oberhessischen Presse von damals Auskunft gab.

›Bald, Maria‹. Katajun las den Namen noch mal, sprach ihn mehrfach laut vor sich hin und bekam plötzlich ein klammes Gefühl in der Magengegend: War das nicht der Mädchenname ihrer Urgroßmutter mütterlicherseits? Diese, so hatte Katajun von ihrer Großmutter erfahren, galt als das schwarze Schaf der Familie, man schrieb ihr immer wieder Diebstahl und Verschwendungssucht zu. Erst als spätere Ehefrau eines Forstläufers führte sie ein unauffälliges, rechtschaffenes Leben. Jetzt erinnerte sich Katajun wieder an den Stammbaum ihrer Familie, den sie in der Schulzeit zu zeichnen begonnen hatte: Maria Bald, verheiratete Reinhardt, drei Kinder, verstorben an Scharlach im Jahre 1890. Die junge Kommissarin setzte sich gerade auf – so konnte sie sich besser konzentrieren und dem wiederkehrenden Rückenschmerz vorbeugen. Wenn es aber tatsächlich eine Verbindung von Ludwig Hilberg zu ihrer Vorfahrin Maria Bald gab, dann hatte sie – Katajun Pfeffer – indirekt auch mit dieser alten Geschichte zu tun. Dann konnte es kein Zufall sein, dass man gerade ihr diese seltsame Botschaft über die tote Maus zugespielt hatte. Nur wer konnte heute noch ein Interesse an der Aufklärung dieses lange zurückliegenden Falles haben?

Das Klingeln des Diensttelefons riss Katajun aus ihren Gedanken – eine Handynummer wurde angezeigt. Missmutig nahm sie den Hörer ab. Das konnte ja nur Eckhard Nau mit einem dienstlichen Anschlag auf sie sein.

»Frau Pfeffer?« Eine dünne, gebrechliche Frauenstimme drang an ihr Ohr. »Mir ist soeben ein schwarzer Kater, na, sagen wir mal, zugelaufen, der auf die Beschreibung Ihres Tieres passen könnte.«

Katajuns Herz machte einen Sprung vor Freude. »Geht es Wagner gut? Wo ist er?«

»Er ist in meiner Wohnung, in der Ockershäuser Allee,« gab die alte Frau bereitwillig Auskunft. »Er hat offenbar großen Hunger, aber sonst ist er guter Dinge.«

»Mir fällt ein Stein vom Herzen«, sagte Katajun und presste den Hörer ans linke Ohr, um besser mitschreiben zu können. »Wo haben Sie ihn gefunden?«

»Ich war heute Morgen am oberen Dammelsberg spazieren, Sie müssen wissen, eine entfernte Verwandte ist dort vor langer Zeit zu Tode gekommen. Ich gehe jedes Jahr zu ihrem Todestag dorthin und lege Blumen an die alte Eiche. Ja, und da saß er. Der kleine Kater. Und ist mir schließlich bis nach Hause gefolgt. Sie können ihn abholen, mein Name ist Wiegand. Ida Wiegand!«

Als Katajun aufgelegt hatte, musste sie sich erst einmal setzen. Ida Wiegand musste eine entfernte Verwandte der kinderlosen Dorothea sein, dem Ockershäuser Hinkel. Ohne Zweifel bemühte sie sich darum, dass die unschuldige Frau, die so furchtbar den Tod gefunden hatte, nicht in Vergessenheit geriet. Ida Wiegand schien sich um Gerechtigkeit zu bemühen und vielleicht mehr über diese Geschichte zu wissen, als Kommissar Danz damals herausgefunden hatte. ›Hilberg unschuldig‹ – eine Schriftprobe von Ida Wiegand würde ausreichen, um herauszufinden, ob sie die rätselhafte Botschaft auf die tote Maus geschrieben hatte. Wenn aber Hilberg unschuldig war, wer hatte dann die schwangere Frau ermordet? Zu viele Gedanken stürmten auf sie ein, zu viele neue Informationen formten sich langsam zu einem Puzzle. Erst als sie nahezu Gewissheit hatte, verschloss Katajun Pfeffer vorsichtig die Prozessakten und hievte die Pappkartons auf den Schreibtisch von Eckhard Nau. Sollte der die Unterlagen wieder zurückbringen, wo sie hingehörten: Ins Archiv versteckt hinter einer Aktennummer. Katajun seufzte.

Der mutmaßliche Mörder Ludwig Hilberg hatte zu Lebzeiten viel Aufmerksamkeit auf sich gezogen – in der Tat ein zweifelhafter Ruhm, der letzte Rabensteiner zu sein. Der tatsächliche Täter war offenbar verschont geblieben und hatte mit einem geschickten Manöver von sich ablenken können. Auch er war längst verstorben.

Katajun spannte vor der Tür den Regenschirm auf. Der Weg nach Ockershausen war zwar nicht weit, aber eine Erkältung konnte sie jetzt wirklich nicht gebrauchen. Über dem kleinen Stadtteil hinter dem Wilhelmsplatz thronte dunkel und nebelverhangen der Dammelsberg, auf dem vor langer

Zeit eins der skrupellosesten Verbrechen Marburgs begangen wurde. Bedauerlich, dass Wagner ihr nie würde erzählen können, warum er sich am Jahrestag vom Hinkel-Mord gerade unter dieser Eiche herumgetrieben hatte. Ob Katzen vielleicht nicht nur feinere Sinne als Menschen, sondern auch ein Gespür für historische Orte hatten?

Wenn Hilberg nicht der Täter war, wer könnte es denn sonst gewesen sein?

Lösung: 6. Rätsel-Krimi, Marburg

Der Forstläufer Reinhardt hat die Leiche gefunden, war also als Erster am Tatort. Gut zusammen passt, dass das Opfer mit einem Jagdmesser ermordet wurde und die Zeugin kurz darauf Frau des Forstläufers wurde. Maria hat sich durch einen kleinen Diebstahl ins Gefängnis eingeschmuggelt und danach behauptet, Hilberg habe alles gestanden. Das Ehepaar Reinhardt hat demzufolge gemeinsame Sache gemacht, der Mann wird der Mörder gewesen sein.

SABINE TRINKAUS

BRITTA, MARGOT UND DIE BESESSENE KUH

Das Licht war dezent, gemütlich, nicht das, was man in einem Kuhstall erwartete. Trotzdem hell genug, um sehen zu können.

Etwas, das noch viel weniger in den Stall passte, etwas, das eigentlich nirgendwohin passte.

Erst sah Britta nur die Füße, dann wanderte der Blick nach oben, über die Beine und den Rest, der da hing, sanft schaukelnd zwischen den Girlanden aus getrockneten Kräutern.

Sie drückte erneut den Lichtschalter. Ließ den Stall wieder in Dunkelheit sinken und taumelte nach draußen.

Das Brüllen der Kühe klang unheimlich.

»Was ist los?« KHK Wörner stand vor ihr. »Was ist passiert?«

Britta krächzte. Krächzte noch einmal. Wörner verstand, dass er sich selbst ein Bild machen musste.

Wenige Minuten später war auch er wieder im Hof, telefonierte hektisch mit dem Handy, rief die Kollegen, bat um Verstärkung. »Alles wird gut«, log er dann und tätschelte Britta hilflos den Rücken. »Versprich mir nur, dass du jetzt den Mund hältst, ja? Kein Wort!«

Britta nickte. Ihr war nicht nach Plaudern zumute.

Wörner war ein netter Kerl. Und Wörner war in Britta verliebt. So war das, das ließ sich nicht ändern. Aber es gab zuweilen Momente, in denen er das bedauerte. Wäre er weder nett noch verliebt gewesen, er hätte an seinem freien Tag sicher Besseres zu tun gehabt, als inmitten der Eifel an einem Ort namens Geisthof zu weilen, um Britta, Margot und Lucia von ihrem Seminar abzuholen. Margots und Lucias Geburtstagsgeschenk für Britta. Deren Chakra verstopft war, zähflüssig das Chi, wie sie behaupteten. Britta war höflich, hätte nie ein Geschenk abgelehnt und so war sie mitgefahren – gefahren worden, denn den Transport hatte ja Wörner übernommen, weil er ein netter Kerl war. Darum war er auch klaglos mit Britta im dunklen Wald spazieren gegangen, weil Lucia und Margot nach dem Abendessen noch die Abschlussmeditation, die aus unerfindlichen Gründen erst nach Einbruch der Dunkelheit vollzogen werden konnte, absolvieren wollten. Hatte sich allerhand erstaunliche Geschichten angehört. Von Hugo, dem Hofherren, und seiner Gattin Ursel. Die nicht mehr ganz von dieser Welt war, sich im Zustand der Aufregung befand, weil sie vom Universum die Botschaft erhalten hatte, dass Dämonen drohten, in die von ihr innig geliebten Kühe zu fahren. Darum sammelte sie Zauberkräuter im Wald, die sie dann im Stall aufhängte. Hugo hingegen war deutlich irdisch orientiert, garstig geizig, er sparte an Essen und an Energie, er sparte an allem und außerdem schlief er mit Seminarleiterin Alma, die sich mit Chakra und Chi auskannte. Wörner hatte all das vernommen, er hatte genickt und sich der Kommentare enthalten. Hatte es heimlich kaum erwarten können, diesen sonderbaren Ort zu verlassen.

Das ging nun nicht mehr, denn jetzt war er im Dienst. Er hatte alle Anwesenden in die große Küche zitiert. Britta, Margot, Lucia und Hugo hockten an dem großen Holztisch. Alma hantierte am Bollerofen in der Ecke und bereitete mit zittrigen Fingern aus fahlen Blättchen einen Tee zu. Nach der Nachricht, dass man Ursel tot im Stall aufgefunden hatte, war die Stimmung gedrückt.

Hugo schüttelte noch immer den Kopf. »Meine Ursel – tot«, murmelte er. »Beim Essen war sie noch ganz normal …«

»Normal?« Alma knallte die Kanne mit dem streng duftenden Gebräu auf den Tisch neben die Teebecher. »Deine Ursel? Ich bitte dich!«

»Sprich nicht so von meiner Frau!« Hugos Empörung wirkte ein bisschen aufgesetzt.

Alma schnaubte. »Verschon mich! Wenn dir deine Frau so wichtig ist, dann hättest du ja mit ihr reden können. Statt dich direkt ins Büro zu verziehen nach dem Essen.«

»Irgendjemand muss sich ja um den Papierkram kümmern«, fauchte Hugo. »Und das tut ja jetzt auch nichts zur Sache!«

»Doch, das ist schon wichtig«, mischte sich Wörner ein. »Sie waren also in Ihrem Büro, nach dem Abendessen? Und Sie, Frau … Alma, Sie haben die Küche aufgeräumt. Und dabei mit Ursel gesprochen?«

»Wie man's nimmt«, murmelte Alma, während Hugo eifrig nickte. »Sie war ja völlig durch …« Sie wedelte mit ihrer Hand vor dem Gesicht herum, um Ursels Geisteszustand zu illustrieren.

»Wir haben ein Alibi«, tat Margot kund. »Lucia und ich haben noch einmal die Lichtlingam-Meditation vollzogen. Sie dient der sexuellen Heilung der Frau und …«

»Danke, Margot, das reicht mir schon«, unterbrach Wörner, der fürchtete, dass möglicherweise die folgenden Erklärungen nicht zu seiner Konzentration beitragen würden. Er schenkte sich Tee ein, obwohl er wenig Lust verspürte, das merkwürdig duftende Gebräu zu trinken.

»Wie jetzt – Alibi?« Hugo klang alarmiert. »Soll das heißen, meine arme, liebe Ursel …?«

»Heuchler«, murmelte Lucia. »Als sie noch gelebt hat, warst du nicht so nett zu ihr.«

»Wir hatten unsere Probleme«, verteidigte sich Hugo. »Aber das heißt doch nicht …«

»Ursel hatte Probleme«, unterbrach Alma. »Sie war ein Fall für die Klapsmühle. Dämonen in Kühen, Zauberkräuter … irre!«

Hugo barg sein Gesicht in den Händen. »Womöglich hast du recht! Ich hätte das ernster nehmen müssen. Es war vielleicht eine Psychose, die sie in den Selbstmord getrieben hat.«

»Es war kein …«, setzte Britta an. Wörner stieß ihr mit dem Ellbogen in die Seite.

Es war zu spät. Hugo hatte den Kopf gehoben, starrte sie an. »Kein Selbstmord? Aber wie … wie kommst du darauf? Was ist geschehen, gute Güte, was ist denn nur passiert?«

»Genau das versuche ich herauszufinden.« Wörners Stimme klang sanft.

»Die Kühe«, murmelte Margot. »Die haben die ganze Zeit gebrüllt. Sie hätte sie gemolken, bevor sie … sie hat sie doch geliebt!«

»Aber sie hatte Angst vor den Dämonen …«, schluchzte Hugo leise. »Meine arme, arme Ursel …«

»Herrgott!« Alma schüttelte den Kopf. »Jetzt hör schon auf mit dem Theater. Spiel hier nicht den trauernden Witwer. Seit Wochen versprichst du mir, mit ihr zu reden. Sie endlich zu verlassen. Jeder weiß, dass wir ein Paar sind.« Sie schüttelte den Kopf. »Natürlich hätte ich nie gedacht, dass sie so reagiert. Als ich es ihr gesagt habe, hat sie ja nicht mit der Wimper gezuckt. Dass sie ihre Koffer packen soll, hat sie völlig kalt gelassen. Sie hat gesagt, sie muss nach den Kühen sehen. Ich schwöre, hätte ich geahnt, dass sie sich umbringen will …«

»Nein, aber sie hat sich bestimmt nicht …«, setzte Britta an, wurde erneut von Wörners Ellbogen gestoppt.

Und von Hugos Brüllen. »Du hast was?«

Alma sah ihn mit gerunzelter Stirn an. »Ich habe mit ihr geredet. So, wie wir das ausgemacht hatten. Was soll das, Hugo? Du hast gesagt, du bringst es nicht übers Herz.«

»Das habe ich nie gesagt! Alma, wie konntest du?«

»Sie hat es doch sowieso gewusst. Alle haben es gewusst!«

»Das stimmt allerdings«, mischte sich Lucia wieder ein. »Allerdings hätte sie ganz sicher nicht ihre Koffer packen müssen. Es ist schließlich ihr Hof. Und ihr Geld. Mag sein, dass sie ein bisschen speziell war, aber ganz sicher nicht blöd. Hugo gehört hier kein Kieselstein!«

Nun war es an Alma, nach Luft zu schnappen. »Nein«, sagte sie. »Das ist doch Quatsch!«

»Das ist kein Quatsch und das weißt du genau«, fuhr Hugo sie an. »Hör auf zu lügen! Natürlich hast du das gewusst. Wir haben doch darüber gesprochen!«

»Alma, Sie haben ihr also heute Abend eröffnet, dass ihr Mann sie verlassen wird?« Wörner brauchte dringend ein bisschen Ordnung.

Alma nickte und sah ein wenig zerknirscht aus. »So hatten wir es abgesprochen. So konnte es doch nicht weitergehen.«

»Nichts war abgesprochen! Warum lügst du?«, polterte Hugo. »Oh Gott, du wolltest, dass das passiert, oder? Du wolltest meine arme, kranke Frau in den Selbstmord treiben! Ich war dir nicht genug, du wolltest den Hof und darum hast du ihr so zugesetzt, dass sie sich einen Strick genommen hat!« Seine Faust knallte auf den Tisch. »Du bist ein Monster, Alma!«

»Sie hat sich nicht …«, setzte Britta wieder an. »Aua«, fügte sie hinzu, als Wörners Ellbogen sie zum dritten Mal an derselben Stelle traf.

»Hör auf, Britta zu misshandeln«, sagte Margot. »Das hat jetzt jeder kapiert, dass sie sich nicht selbst umgebracht hat! Vermutlich hast du dafür ein total cleveres Indiz.«

»In der Tat«, sagte Wörner. »Aber darum geht es mir gerade gar nicht.«

»Habe ich jetzt alles ruiniert?« Britta errötete ein wenig. Wörner lächelte ihr zu. »Nein«, sagte er. »Das hast du nicht.« Er erhob sich. »Denn du hast völlig recht. Es war mir von Anfang an klar, dass es kein Selbstmord war.«

»Kein Selbstmord?« Hugo keuchte. »Oh mein Gott, Sie meinen …« Er sprang auf, zeigte mit dem Finger auf Alma. »Du!«, donnerte er. »Du hast sie umgebracht! Du hast meine geliebte und kranke Frau getötet. Hast gedacht, du lässt es wie Selbstmord aussehen! Oh Gott, schaffen Sie sie weg! Ich will diese Frau nie mehr in meinem Leben sehen!«

»Das werden Sie auch nicht«, erwiderte Wörner. »Es sei denn, Sie hat Lust, Sie im Gefängnis zu besuchen. Was ich beim derzeitigen Stand der Dinge für unwahrscheinlich halte. Immerhin haben Sie gerade versucht, ihr einen Mord anzuhängen. Andererseits … man weiß es nie. Bei Frauen!«

Welches Indiz beweist, dass es auf keinen Fall Selbstmord war?
Woher weiß Wörner, dass Hugo der Täter ist?

Der Umstand, dass das Licht im Stall aus war, als Britta die Leiche fand, deutet klar darauf hin, dass sich Ursel nicht selbst umgebracht hat, denn es ist extrem schwierig, sich im Dunkeln zu erhängen.
Das bedingt natürlich auch einen gewissen Anfangsverdacht gegen Hugo, der ja für seine Sparsamkeit berüchtigt ist.
Dennoch schafft er es fast, Wörner auf die falsche Fährte und den Verdacht auf Alma zu lenken. Wäre ihm nicht der winzige Lapsus unterlaufen, zu erwähnen, dass seine Frau »sich einen Strick genommen« hat, hätte er es vielleicht geschafft, sich gleichzeitig der wohlhabenden und anstrengenden Ehefrau und der nicht minder lästigen Geliebten zu entledigen. So hat ihn das ›Täterwissen‹ verraten.

Lösung: 7. Rätsel-Krimi, Bonn

HUGO VAESSEN
ENDSTATION HALBFINALE

Tschhhiiiiirrrrronnnng!!!!!!!

Korn schreckte hoch, suchte verzweifelt nach der Herkunft des grässlichen Lautes, machte sein Handy als Übeltäter aus und ging ran.

»Kommissaar Korn? Schmidt von de Bereitschaft. Mä habbe en ungeklärde Todesfall in de Danneckerstraaß 117, Sachsehause. E Fraa, tot, wahrscheinlich erschlache. De Aaruf kam kurz na elf ennei. Isch wurd angewiese, Sie aazurufe und zum Tatort zu beschdelle.«

»Schmidt!!! Sind Sie total behä…«

»Kommissar Korn, Sie müsse verzeihe, wenn isch Sie unnerbresch – mir wurd gesacht, Sie würde so reagiere. Fakt is: me habbe niemande. Die Diensthabende sin alle uff Einsatz, die Bereitschaft war uff'm Weesch, hatte aber en schwere Verkehrsunfall. Wies aussieht, bleibe nur Sie.«

»Blöder Mist. Okay, also, … ich brauch kurz, um …«

»Ich hab e Streife zu Ihne geschickt. Döfft in zehn Minudde da sein, die bringt Sie hin. Pleslak und sei Team sinn ebefalls uff'm Wesch.«

Na wenigstens etwas, dachte Korn. Pleslak auch mit von der Partie. Er schaute auf die Uhr, kurz vor halb zwölf. Vor einer Stunde war er auf der Couch weggeschlummert. Davor Druckbetankung mit Pleslak in der Bar vom Main Tower. Er hatte gar nicht gewusst, dass der Bereitschaft hatte. Echt nicht zu fassen, was der alles durchzog, ohne jemals erwischt zu werden. Oder ob sie den auch aus'm Feierabend rausgeklingelt hatten?

Korn ging ins Bad. Spritzte sich kaltes Wasser ins Gesicht, Geruchstest unter Achseln ergab zwingend die Anforderung einer Dusche, der mit drei Hüben Axe Genüge getan wurde. Mundwasser, dann zwei Ibus 500 mit Leitungswasser runter, und schon klingelte es an der Haustür.

Lattreuter und Bender saßen in der Streife, auch das noch, die beiden ergaben zusammen nicht mal einen richtigen Polizisten. Sie schalteten die Licht- und Soundanlage an, wurden jedoch von Korn rüde angewiesen, wenigstens das blöde Martinshorn auszustellen. Die Leute hatten ja keine Ahnung. Die fühlten sich ja schon draußen auf der Straße vom Tatütata belästigt. Aber erst mal im Auto, da sehnte man sich den Presslufthammer förmlich herbei. Den Rest des Weges fuhren sie nur mit Blaulicht bis zur Danneckerstraße. Konnte man wenigstens etwas Radio hören. Spanien hatte Portugal im Elfmeterschießen rausgekegelt. Wunderbar, das hieß: Erst die Italiener wegballern, Revanche für 2006, dann die Spanier, Revanche für 2008 und 2010.

Sie kämpften sich einen Weg durch feierwütige Spanier hindurch, die Sachsenhausen zu ihrem Revier gemacht hatten. Die Wohnung lag im vierten Stock. Korn schnaufte, als er oben ankam. An der Türe konnte er Einbruchsspuren ausmachen. Drinnen totales Chaos. Die Frau lag im Schlafzimmer, halb auf dem Bett, halb auf dem Fußboden. Pleslak scharwenzelte schon um sie herum.

»Moin, Korn!«

»Moin, Harry, lange nicht gesehen.«

Harry Pleslak blickte ihn aus dunkelrot geäderten Augen an. Sein Teint war etwas blass, obwohl er einmal pro Woche auf die Sonnenbank ging. Hautkrebs hin oder her, irgendwie musste er sich farblich von seinen Leichen absetzen. Er hockte stundenlang im Keller der Gerichtsmedizin an der Kennedyallee, kein Sonnenstrahl, da brauchte er wenig Vitamin-D-Tuning. Behauptete er jedenfalls.

»Also, Frau, 43 Jahre alt. Heftiger Schlag von hinten auf den Schädel, vielleicht mit einem Zimmermannshammer, mit der spitzen Seite, hat Schädeldecke durchbohrt, daher auch die Sauerei hier im Bett. Für kurze Zeit schießt das dann fontäneartig raus, oder wie bei so einer Pumpe, die man mit der Hand betätigt. Weißt, was ich mein?«

»Ja, ja, erspar mir die Details. Jedenfalls jetzt.« Er machte eine Pause, musste kurz Luft holen, er merkte die Kurzen, die er mit Pleslak getrunken hatte. Sie machten Anstalten, den falschen Ausgang zu benutzen. Er hörte die Kollegen im Geiste schon seinen neuen Spitznamen rufen: ›Kotzi-Korn‹. »Also, gibt's was, womit ich was anfangen kann? Irgendwelche Zeugen, sonstige Spuren?«

»Geh mal in die Küche. Da sitzt der Ehemann. Ist total fertig. Wollte aber kein Beruhigungsmittel. Er sagt, er müsse da jetzt durch. Na, wenn er meint …«

Korn drehte sich um und war froh, dem Anblick entronnen zu sein. In der Küche sah es ähnlich aus wie in der übrigen Wohnung. Alles durchwühlt, Schubladen aufgerissen, der Inhalt schön in der Wohnung verteilt. Korn hatte bereits nach dem speziellen Einbrechergeschenk Ausschau gehalten, konnte es aber nirgends entdecken. Viele hinterließen gerne einen Haufen, vorzugsweise auf dem Wohnzimmerteppich, als Zeichen ihrer Missbilligung, wenn nichts zu holen war. Irgendwie verständlich, die ganze Mühe, der Stress, alles umsonst …

»Guten Tag, Herr …«

»Schilling. Heiner Schilling.«

»Herr Schilling, mein aufrichtiges Beileid. Das muss schrecklich für Sie sein.« Korn klang ein wenig wie Jonny Cash, unzählige Bier und der Schnaps hatten seiner Stimme diesen sonoren Bass verliehen. Er wusste nicht, ob das in diesem Moment für oder gegen ihn sprach. »Es tut mir leid, ich muss Ihnen kurz ein paar Fragen stellen. Dann lasse ich Sie in Ruhe, und wir sprechen uns die nächsten Tage noch mal, okay?«

»Ja, ja, machen Sie nur, Sie tun ja nur Ihre Arbeit.«

»Danke.« Korn grübelte. Wie anfangen. »Gut, Herr Schilling, haben Sie eine Vermutung, wie das passiert ist? Sie waren ja kaum hier. Was haben Sie denn heute Abend gemacht?«

»Ist das jetzt ein Verhör?«

»Vernehmung.« Ruhig bleiben, Korn. »Nein, Herr Schilling, ist es nicht, ich muss mir nur ein Bild von der Situation machen.«

»Also gut … Ich … Wissen Sie, das Schlimme ist, bevor ich aus der Wohnung bin, haben wir uns gestritten …«

Jetzt schluchzte er. Korn hasste das. Bei Frauen, gut, nah am Wasser gebaut, aber gestandene Männer.

»Ich werde mich nie wieder bei ihr entsch…«

»Herr Schilling, ich bitte Sie, sagen Sie mir einfach, was Sie gemacht haben, versuchen Sie sich zu konzentrieren, das hilft, glauben Sie mir.«

Wo waren die blöden Seelsorger, wenn man sie brauchte? Hatte man den schon verständigt?

»Also gut, wie gesagt, gestritten, wegen dieser dämlichen EM. Ich gucke immer bei ›Klaane Sachsehäuser‹, kennen Sie, am Affentorplatz? Gut, wissen ja, ein Bembel für zehn Euro, so dicke haben wir es auch nicht. Sie war sauer. Weil ich schon wieder Fußball gucken wollte. Half alles nichts. Auch mein Einwand, dass heute noch Halbfinale, dann noch wir gegen Italien und dann Spiel um Platz 3 und Finale, vier Spiele noch, muss man nicht gleich 'nen Aufstand machen.« Er sammelte sich und machte eine Pause. »Bin dann direkt nach dem Spanienspiel hierher. Als ich die Wohnungstür gesehen hab, dachte ich, meine Güte, was mag da passiert sein? Ich rief sofort nach Marianne, aber keine Antwort, und dann, die Wohnung, das Blut ...« Er stockte. Konnte wohl nicht mehr weiter.

»Und dann haben Sie sofort den Notarzt angerufen? Sind Sie vielleicht vorher jemand Unbekanntem im Treppenhaus begegnet?«

»Notarzt? Sie haben doch meine Frau gesehen! Und im Treppenhaus ... nee, nicht, dass ich wüsste ...«

»Okay, danke erst mal.«

Korn ging zu einem Uniformierten und beauftragte ihn, zu der besagten Äbbelwoikneipe zu fahren und die Angaben Schillings zu überprüfen. Er wartete bei Pleslak, dem der Alkohol nicht so viel auszumachen schien wie ihm. Der Gerichtsmediziner war voll in seinem Element. Korn schloss die Augen und döste vor sich hin. War ihm egal, was die anderen dachten. Er war nur die Notlösung hier.

Der Uniformierte kam zurück. Der Wirt, ein gewisser Georg Fasselhun, hatte Schilling an diesem Abend nicht gesehen. Und die Kneipe hatte einen Schankraum, der ungefähr 30 Quadratmeter ausmachte. Der Uniformierte richtete Korn zudem vom Wirt aus, er wisse zwar nicht, was los sei, aber wenn sie schon mal beim Heiner wären, könnten sie ja auch seinen offenen Deckel von über 100 Euro abkassieren. Als Provision verspreche er für jeden zwei Äbbelwoi.

Korn ging zurück in die Küche. Schilling hatte sich wieder einbekommen. Er trank Wasser in kleinen Schlucken.

Korn startete mit Small Talk, um eine vertrauliche Atmosphäre zu schaffen. »Herr Schilling, ist schon was mit dieser EM, wie … Sind Sie ein großer Fußball-Fan?«

»Nur, wenn die Nationalmannschaft spielt. Dafür aber dann umso mehr. Mehr Fan geht gar nicht. Die Vereinsmannschaften, pah, alles Legionäre, früher, als Hölzenbein noch …«

Das reichte Korn. »Herr Schilling, nun mal Tacheles!«

Schilling blickte erstaunt auf. »Was erlauben Sie si…«

»Sparen Sie sich die Luft für Ihr Telefonat mit Ihrem Anwalt, sofern Sie einen haben. Sie haben mir eben ein schönes Märchen aufgetischt. Haben sich gleich drei Mal verplappert. Mal ganz abgesehen davon, dass Sie im ›Klaane Sachsehäuser‹ überhaupt keiner gesehen hat! Wollen Sie mir nicht was erzählen? Wenn Sie es jetzt noch machen, werde ich in den Bericht schreiben, dass Sie freiwillig gestanden haben. Kann ziemlich wichtig sein, der kleine Vermerk, so vor Gericht. Kann ’nen Unterschied von ein paar Jährchen in Freiheit ausmachen.«

Was war Korn aufgefallen?

Lösung: 8. Rätsel-Krimi, Frankfurt

Schilling widerspricht sich gleich dreifach, wie Korn richtig feststellt:

1. Er gibt an, dass noch vier Spiele bei der EM zu spielen seien: zwei Halbfinals sowie Spiel um Platz 3 und das Finale. Bei Europameisterschaften werden aber – im Gegensatz zu Weltmeisterschaften – keine Spiele um Platz 3 ausgetragen. Hätte er als vorgeblich großer Fußballfan wissen müssen.

2. Der Anruf kam um kurz nach 23 Uhr rein (»De Aaruf kam kurz na elf ennei.«). Da befand sich das Spiel Spanien gegen Portugal aber noch in der Verlängerung bzw. im Elfmeterschießen. Schilling behauptete jedoch, direkt im Anschluss an das Spiel nach Hause gegangen zu sein. Er hätte die Äbbelwoikneipe somit erst viel später verlassen können. Aber …

3. … der Ortskundige wird es wissen: Im ›Klaane Sachsehäuser‹ kann man überhaupt keinen Fußball gucken – dort gibt es kein TV.

BERND KÖSTERING
DICHTUNG UND WAHRHEIT

Ein Goethe-Rätselkrimi

Das Telefon klingelte an einem Samstag.

Wahrscheinlich wundern Sie sich jetzt, dass ich dies erwähne. Sie verstehen es aber besser, wenn ich noch hinzufüge, dass es um 7 Uhr morgens geschah.

Zunächst dachte ich, es sei der Wecker. Doch am Vorabend hatten Hanna und ich uns vorgenommen, diesen Samstag völlig spontan zu gestalten, von einer Minute zur nächsten, ohne jeglichen Termindruck. Also auch ohne Wecker. Vorsichtig schälte ich mich aus der Bettdecke, penibel darauf bedacht, Hanna nicht zu wecken. Hoffentlich hörte sie das Telefon nicht. Ich lehnte die Schlafzimmertür nur an, um das mürrische Knarren des Türschlosses zu vermeiden. Die Treppe nach unten kannte ich genau, wusste exakt, wo ich den Fuß hinsetzen konnte, ohne dass das Holz stöhnte wie ein altes Weib beim Wäschewaschen.

Ich hob ab. »Hier Wilmut!«

Eine penetrant fröhliche Stimme drang an mein Ohr: »Guten Morgen, Hendrik. Hier ist Richard.«

»Ich weiß nicht, was an diesem Morgen gut sein soll«, nörgelte ich.

»Dann schau mal aus dem Fenster, die Sonne scheint, Ostwind, ihr solltet also relativ ruhig geschlafen haben in Offenbach.«

Wir hatten tatsächlich gut geschlafen. Ohne den üblichen Fluglärm ab 5 Uhr, wenn die sogenannte Mediationsnacht vorüber war.

»Und an solch einem außergewöhnlichen Ruhetag rufst du um 7 Uhr in der Frühe an?«

»Entschuldige, ich brauche dringend deine Hilfe, kannst du ins Polizeipräsidium kommen?«

»Nach Frankfurt? Jetzt?«

»Ja, es eilt. Ich kann den Mann nicht so lange festhalten. Wahrscheinlich bist du zum Frühstück wieder zurück, bringst frische Brötchen mit und Hanna fällt dir um den Hals!«

»Meine Güte, du versuchst es ja mit allen Mitteln. Um was geht es überhaupt?«

»Der Verdächtige hat ein historisches Manuskript verkauft, angeblich handgeschrieben von Goethe, und nun behauptet der Käufer, es sei eine Fälschung. Schau dir das Manuskript bitte mal an.«

»Kann das nicht jemand vom Freien Deutschen Hochstift machen, die vom Goethehaus, du weißt schon, die kennen sich ebenso gut damit aus.«

»Bis ich das geklärt habe, gehen Stunden ins Land, Papierkram ohne Ende, und ob ich da jemanden am Wochenende erreiche, weiß ich auch nicht. Also bitte, komm mal kurz rüber.«

»Na gut, aber nur weil ich noch ein schlechtes Gewissen habe, wegen des Faustschlags damals in Weimar.«

»So ein schlechtes Gewissen hat auch seine Vorteile.«

Falls Sie jetzt nicht mehr wissen, um welchen Faustschlag es ging, kann ich Ihrer Erinnerung etwas nachhelfen. Damals, im September 2004 in Weimar während des Goetheglut-Falls, lernte ich Hauptkommissar Richard Volk kennen. Bei unserem ersten Aufeinandertreffen – ja, so kann man es tatsächlich nennen –, verpasste ich ihm aus Versehen einen Schlag auf die Nase, weil ich ihn für einen Verbrecher hielt. Er hat es mir längst verziehen, aber ich denke immer noch mit unguten Gefühlen daran.

Die Straßen waren fast leer an diesem Samstagmorgen, 20 Minuten später stand ich vor dem Polizeipräsidium Frankfurt. Richard Volk hatte mir sogar einen Espresso organisiert, kein erstklassiger, aber besser als nichts.

Bitte wundern Sie sich nicht, dass ich schon wieder anfange, von Espresso zu reden. Er ist ein wichtiger Teil meines Lebens, wahrscheinlich bin ich sogar espressosüchtig. Ich sollte mal einen Suchtexperten fragen, ob es so etwas wie ›Espressoabhängigkeit‹ gibt. Vielleicht könnte man dieses Phänomen sogar nach mir benennen: das Hendrik-Wilmut-Syndrom.

Richard wartete, bis ich den Kaffee getrunken hatte. »Pass auf, im Nebenzimmer sitzt Percy Moosbacher.«

»Wie heißt der, Percy Moosbacher?«

»Na ja, offiziell heißt er Peter Moosbacher, aber sag das bitte nicht zu ihm, sonst rastet er wieder aus, das kostet nur Zeit. Er hat das Goethe-Manuskript verkauft. Angeblich vom großen Meister handgeschrieben.«

Ich musste unwillkürlich den Kopf schütteln. »Und an wen hat dieser Percy es verkauft?«

»An einen Graf Bodo von Wellstein, wohnt im Taunus. Beide bezeichnen sich als Goetheexperten – wie sollte es auch anders sein. Bis jetzt bin ich keinen Schritt weitergekommen, weil sie mir irgendwelche Goethedaten um die Ohren geworfen haben, die mir nichts sagen. Und bevor ich mich da tief einarbeiten muss, dachte ich …«

»Okay, ich möchte zuerst mit diesem Percy reden.«

»Willst du das Manuskript nicht sehen?«

»Später, das lenkt mich nur von den Tatsachen ab.«

»Gut, dann komm mit.«

Wir gingen in den Nebenraum. Percy Moosbacher war nicht unsympathisch. Durchschnittliche Kleidung, leicht gewellte blonde Haare, kein auffälliges Imponiergehabe.

»Das ist Herr Dr. Wilmut von der Uni Frankfurt«, sagte Hauptkommissar Volk, »unser Goetheexperte, er wird Ihnen jetzt ein paar Fragen stellen.«

Ich beobachtete Moosbacher genau. Bei dem Wort ›Goetheexperte‹ ging ein kurzer Ruck durch seinen Körper, doch er versuchte, sich nichts anmerken zu lassen.

Wir setzten uns. Ich dachte an das Frühstück mit Hanna und legte sofort los: »Herr Moosbacher, ein handschriftliches Manuskript von Goethe wäre eine Sensation, also, woher haben Sie es?«

Er lächelte. »Vom Dachboden eines Bauern in Niederursel. Den Namen kann ich leider nicht preisgeben.«

»Warum?«

»Ich musste es ihm versprechen. Er ist bereits 83 Jahre alt und will kein großes Aufheben um die Sache machen, keine Presseleute und so.«

»Klingt nicht überzeugend. Wurde es bereits von einem Experten begutachtet?«

»Ja, von mir«, antwortete er. »Habe ich dem Hauptkommissar bereits gesagt.«

Sie können sich vorstellen, dass ich leicht grinsen musste.

»Welches Manuskript ist es denn?«, fragte ich.

»Die Wahlverwandtschaften.«

»Oh, là, là!«

Er lächelte erneut. »Sie wissen ja, die heilige Ottilie hatte es Goethe angetan, bereits 1770 bei einem Besuch des Odilienbergs. Er berichtet davon in Dichtung und Wahrheit.«

Ich merkte, dass er mich mit seinen Fachkenntnissen beeindrucken wollte. »Stimmt, fragt sich nur, ob Sie den Unterschied zwischen Dichtung und Wahrheit kennen.«

Er hob lässig die Schultern. »Natürlich, Herr Wilmut. Ich bin übrigens sehr froh, dass es ausgerechnet dieses Manuskript war, das ich fand.«

»Warum?«

»Weil ich es liebe. Diese Anspielung auf die Chemie, auf die Naturwissenschaften, Goethes heimliche Liebe. Wie elegant er es schafft, die Beziehung zwischen Ottilie, Charlotte, Eduard und dem Hauptmann als Gleichnis der chemischen Anziehungskräfte zu beschreiben, die ja natürliche Anziehungskräfte sind, ebenso wie diejenigen zwischen Liebenden – einfach meisterhaft!«

Sie werden sich nun wohl fragen, inwiefern ich den mitreißenden Schilderungen des Verdächtigen eine analytische Kraft entgegenzusetzen hatte. Und ich gebe zu: Es fiel mir schwer. Allein der Gedanke an ein solches Manuskript versetzte mich in innere Aufruhr. Wie mag es da erst dem Grafen Bodo von Wellstein gegangen sein?

Ich lehnte mich im Stuhl zurück, um Gelassenheit zu signalisieren. »Wie kommen Sie darauf, dass Goethe ein komplettes Manuskript eigenhändig niederschrieb, er hatte doch angestellte Schreiber?«

»Ja schon, aber erst in Weimar, alle Werke aus seiner Frankfurter Zeit hat er selbst geschrieben, im Frankfurter Dichterzimmer, den Götz, den Werther, die Wahlverwandtschaften und den Clavigo.«

»Mit Tinte oder mit Kohlestift?«

»Mit Tinte natürlich!«

Ich nickte. »Was hat der Graf Ihnen dafür bezahlt?«

»150.000 Euro.«

»Hmm. Nicht schlecht. Wäre aber viel mehr wert gewesen.«

»Wie meinen Sie das?«

»Wenn es echt wäre, hätte ein großes Museum wesentlich mehr dafür gezahlt.«

Er bewegte seinen Oberkörper unruhig hin und her. »Sie meinen, ich habe es unter Wert verkauft?«

»Nein, Sie haben es deutlich über Wert verkauft. Denn das Manuskript kann nicht echt sein.«

Wahrscheinlich denken Sie jetzt, ich sei übergeschnappt, weil ich dies behaupte, ohne das Manuskript überhaupt in der Hand gehalten zu haben – aber bitte: vertrauen Sie mir!

Percy Moosbacher sah mich irritiert an. »Das behaupten Sie einfach so, ohne es gesehen zu haben?«

»Genau. Um das Ganze fürs Gericht wasserdicht zu machen, werden wir sicher noch ein grafologisches Gutachten brauchen«, sagte ich. »Aber schon jetzt steht fest: Dieses Manuskript ist eine Fälschung!«

Woher wusste Hendrik Wilmut, dass das Manuskript eine Fälschung war, ohne es gesehen zu haben?

Die Lösung schwarz auf schwarz:
Zu Goethes Frühwerken, die er in Frankfurt vor seiner Übersiedlung nach Weimar (1775) geschrieben hat, gehören der Götz von Berlichingen, die Leiden des jungen Werther, der Clavigo und der Urfaust, jedoch nicht die Wahlverwandtschaften.
Damit begann Goethe erst 1807. Zu dieser Zeit war er längst in Weimar, wurde vom Herzog finanziell unterstützt und hatte mehrere angestellte Schreiber. Die Wahrscheinlichkeit, dass Goethe dort ein komplettes Manuskript eigenhändig mit der Tintenfeder schrieb, ist gleich null.
Percy Moosbacher lügt also.
Ergänzung:
Moosbachers Behauptung, dass Goethe sich bereits 1770 mit der heiligen Ottilie als Vorlage für einen literarischen Text beschäftigt hat, ist korrekt und zeugt von Percys Fachwissen. Was er jedoch nicht wusste: Die Figur der Ottilie schlummerte mehr als 30 Jahre in Goethes Gedanken. Erst mit den Wahlverwandtschaften wurde sie 1807 zum Leben erweckt. 1809 erfolgte die Veröffentlichung durch die Gottaische Buchhandlung in Tübingen.

FRIEDERIKE SCHMÖE
KATINKA PALFY UND DER ZASTER DER ALTEN DAME

Ein strahlender Septembernachmittag. Auf den Wellen der Regnitz brachen sich glitzernd die Sonnenstrahlen. Passanten schlenderten über die Obere Rathausbrücke, versonnen ein Eis schleckend. Die Christl, das beliebte Passagierschiff, brach zu einer weiteren Ausflugsfahrt Richtung Hafen auf. Im Café gegenüber der Anlagestelle schlürften die Studenten Espresso.

Nur Privatdetektivin Katinka Palfy hatte es eilig. Ihr aktueller Fall war gelöst. Das Problem bestand nur darin, dass sie dem Täter den Diebstahl von 15.000 Euro nicht nachweisen konnte. Er musste sich quasi selbst überführen.

Die alte Elsa Klar hatte ihr Geld einfach nicht bei einer Bank einzahlen wollen. Sie war sogar schon zu einem Zeitpunkt, als sie noch im Besitz ihrer geistigen Kräfte war, nicht davon zu überzeugen gewesen, dass Geld bei einer Bank am besten aufgehoben war. Inzwischen wies sie eindeutige Anzeichen von Demenz auf und wurde von Tag zu Tag Argumenten weniger zugänglich. Jeden Morgen trug sie das Kuvert mit dem Geld in der Wohnung umher und suchte ein neues Versteck.

Der Ort, an dem Marga Klar, die Tochter der alten Dame und Katinkas Auftraggeberin, den Umschlag zuletzt gesehen hatte, war unter der Spüle in der Waschküche gewesen, wo das breite Abflussrohr einen Knick hatte. Genau in diesen Knick hatte die alte Dame ihr Erspartes hineingesteckt. Am Morgen. Am Abend war das Geld weg. Über den Verlust vergaß Marga völlig ihren Ärger über die Haushaltshilfe, die an ebendieser Stelle lange nicht mehr sauber gemacht hatte.

Als Katinka in die Hasengasse einbog, in deren Schatten ihre kleine, aber mittlerweile etablierte Detektei lag, standen sämtliche Beteiligte schon vor der Tür. Zwei Männer und zwei Frauen.

»Pardon!«, rief Katinka überschwänglich. »Ich hätte Sie nicht warten lassen dürfen. Aber bei dem Verkehr ist ja kaum ein Durchkommen!«

»Genau!«, grunzte ein hagerer Mann mit strahlend blauen Augen. »Die Touristenbusse nerven ganz schön. Bleiben in den engsten Gässchen stehen, damit die Rentner auch ja in Ruhe aussteigen können. Und dahinter steht sich das arbeitende Volk die Beine in den Bauch.«

»Lebst du nicht von den Touris?«, fragte eine der beiden Frauen mürrisch. Ein kleiner, quadratischer Kopf saß auf ihrem korpulenten Körper, als wäre er irgendwann versehentlich gegen das Original ausgetauscht worden. Ihr Haar trug die Spuren couragierter Farbexperimente.

»Grüß Gott, Frau Klar!« Katinka reichte der Frau die Hand. Ihre Auftraggeberin hatte keinen Schimmer, wer das Geld gestohlen haben könnte: einer ihrer beiden abgebrannten Brüder oder die Haushaltshilfe, Eva Horwitz, eine Blondine mit Schatten unter den Augen, die mit grimmig verschränkten Armen in der schattigen Gasse stand? Andere Personen kamen letztlich nicht infrage.

»Können wir vielleicht anfangen?«, raunzte der hagere Mann. Er hieß Theo Klar und arbeitete nach mehreren ungünstig gewählten beruflichen Abzweigungen als Taxifahrer. »Zeit ist Geld.«

»Locker bleiben«, tönte der andere Mann in breitem Dialekt. Er war Manfred Klar, der zweite Bruder, tätig als Gastronom. Er war kräftiger gebaut als Theo und hatte auch dichteres Haar, das er nun mit Schwung aus dem Gesicht kämmte.

»Kommen Sie alle herein!« Katinka schloss die Tür auf und brachte zu ihren zwei Besuchersesseln noch zwei Extrastühle aus dem Nebenraum. »Machen Sie es sich bequem.«

»Haben Sie denn rausgefunden, wer meiner Mutter den Zaster geraubt hat?«, fragte Manfred Klar.

»Selbstverständlich.« Katinka setzte sich hinter den Schreibtisch.

»Dann tippe ich auf Frau Horwitz.« Manfred war es ernst. »Die klassische Geschichte. Haushaltshilfe stiehlt der anvertrauten dementen Person das Ersparte. Liest man nicht ständig von solchen Sachen?«

»Sind Sie wahnsinnig?« Eva Horwitz' Wangen färbten sich rosa. »Ich habe nie darauf geachtet, wo Frau Klar das Geld versteckte. Dazu habe ich gar keine Zeit!«

»Sie sind doch alleinerziehend, oder?« Abschätzig musterte Manfred Evas Kleidung. »Haben zwei Kinder, kaufen Klamotten aus zweiter Hand. Damit jammern Sie meiner Mutter doch immer die Ohren voll, wie?«

»Was erlauben Sie sich!« Eva Horwitz bebte vor Ärger.

Theo, der Taxifahrer, konsultierte demonstrativ seine Armbanduhr. Keine ganz billige Armbanduhr. »Brauchen wir noch lange? Ich muss wieder auf die Straße. Außerdem weiß ich gar nicht, wie ich hier helfen kann. Immerhin habe ich meine Mutter seit Monaten nicht mehr gesehen.«

»Du machst es dir auch wirklich leicht!«, beschwerte sich seine Schwester. »Alles hängt an mir. Ich kümmere mich um jede Kleinigkeit. Dass Mutter so lange wie möglich in ihrer Wohnung bleiben kann. Ich organisiere und mache und tue, aber …«

»Ihr Bruder war aber bei Ihrer Mutter«, schaltete sich Eva Horwitz plötzlich ein.

Theo wurde rot. Es stand ihm nicht besonders gut.

»Sicher. Manfred reißt sich immerhin am Riemen und besucht sie sonntags zum Kaffee. Oder jeden zweiten Sonntag.« Marga kniff die Lippen zusammen.

Manfred schmunzelte geschmeichelt. »Nicht, dass Sie daraus jetzt schließen, ich wüsste, wo unsere Mutter das Geld versteckt, Frau Privatdetektivin«, sagte er zu Katinka. »Davon habe ich nicht den blassesten Dunst.«

»Nicht Manfred, sondern Theo!« Eva Horwitz wies mit spitzem Finger auf den Taxifahrer. »Ja, und zwar einige Tage, bevor Sie mir sagten, dass das Geld fehlt, Frau Klar. Als ich mich um vier auf den Heimweg machte, parkte sein Taxi ein paar Türen weiter.«

Marga Klar starrte Theo an. »Du …«

Katinka Palfy wandte sich an Theo Klar, der sich aufpumpte wie ein Gockel und nach einer passenden Antwort suchte. »Das war Ihre Chance. Ihre Mutter öffnete Ihnen die Tür, Sie machten sich und Ihrer Mutter einen Tee und dann tauschten Sie in einem unbeobachteten Moment das Geld aus dem Umschlag gegen Spielgeld. Es wurde ja nicht täglich nachgezählt, ob die 15.000 noch im Kuvert sind, oder?«

Manfreds Zeigefinger schnellte vor. »Sähe dir ähnlich, alter Knabe! Du hast schon immer gern den Ahnungslosen gespielt.«

Theo Klar knirschte mit den Zähnen. »Das können Sie doch nicht ernsthaft annehmen«, wandte er sich an Katinka.

»Du hast schließlich Schulden!«, schlug seine Schwester in dieselbe Kerbe. »So eine Geldspritze – das wäre es doch!«

»Ich glaub's nicht!« Theo richtete sich in dem Besuchersessel zu voller Größe auf. Seine blauen Augen schienen im dämmrigen Licht des Büros zu glühen. »Manfred, der alte Schwerenöter, steckt noch tiefer in den roten Zahlen als ich! Erst hat er sein Café in den Sand gesetzt, dann zahlt er Alimente für diverse Frauen und Kinder, und außerdem …«

»Augenblick!« Manfred funkelte seinen Bruder wütend an. Auf seine Stirn traten Schweißtropfen. »Ich habe ein gut gehendes Geschäft.«

»Ein Restaurant, das du vor zwei Monaten aufgemacht hast.« Marga schnaubte verächtlich. »Noch dazu ein vegetarisches Restaurant! In Franken! Hier wollen die Leute was zwischen die Zähne kriegen, versteh das doch endlich! Mit deinen Linsensuppen und Minzesoßen gehst du in null Komma nix pleite.«

»Das wollen wir doch erst mal sehen!« Manfred wischte sich mit dem Hemdsärmel den Schweiß weg. »Aber zu dir, Theo! Du bist gesehen worden. Vor Mutters Haus. Und du hast keine gute Erklärung dafür.«

Theo schien in sich zusammenzufallen. »Ja. Gut. Ich war da. Na und? Ich habe Mutter ewig nicht besucht. Ich weiß, moralisch und so weiter ist das nicht in Ordnung, die Altvorderen allein zu lassen, vor allem wenn sie abbauen, nicht mehr sie selbst sind. Aber ich konnte dann einfach nicht reingehen. Ich konnte mich nicht aufraffen und klingeln.« Betrübt schüttelte er den Kopf.

»Das ist so typisch für euch Männer!«, schnauzte Marga ihn an. »Schwächlinge, alle miteinander! Ich darf mich krummlegen, arbeiten, mich um meinen Mann kümmern, um meinen Sohn und um meine alte Mutter, ja? An mir hängt alles.«

»Vielleicht hast du ja das Geld genommen, Schwesterherz«, unkte Manfred. »Kannst du es nicht auch brauchen? Du träumst doch längst davon, mal einen richtig schönen Urlaub zu machen. Allein, ohne deinen Alten. Aber er hält dich ziemlich kurz, wie man weiß, und mit deiner Tippsenstelle …«

»Warum konnten Sie an dem Tag, an dem Frau Horwitz Sie in Ihrem Taxi beim Haus Ihrer Mutter sah, nicht klingeln?«, wandte Katinka sich an Theo Klar. Sie sprach in ganz lockerem Ton, als säßen sie in einem Café und plauderten über die kleinen Dinge des Lebens.

»Diese stinkende Enge!« Theo schüttelte sich. »Ich konnte den Geruch nach Krankheit und Alter noch nie aushalten. Deprimiert mich einfach.«

»Bei Ihrer Mutter stinkt es nicht!« Eva Horwitz wurde ganz rot vor Zorn. »Ich achte darauf, dass sie ihre Kleidung regelmäßig wechselt, ich putze und lüfte …«

»Na, na«, machte Manfred mit einem gönnerhaften Lächeln auf den Lippen. »Das mag zwar sein, aber geben Sie es doch zu … Sie putzen doch vor allem an den Stellen, wo man üblicherweise hinschaut. Ansonsten lassen Sie es langsam angehen, nicht? Sie müssen nämlich wissen«, wandte er sich an Katinka, »ich hätte Frau Horwitz gern angestellt. Als Putzfrau in meinem Restaurant. Aber in meinem Lokal nehme ich nur die wirklich guten Leute. Die auch an Stellen schrubben und wienern, wo nicht jeder gleich hinschaut.«

»Aufschneider!«, warf sein Bruder ein.

»Dass ich nicht lache!« Marga schüttelte erbost den Kopf.

»Du zahlst deinen Leuten Dumping-Löhne. Damit wirst du Frau Horwitz nicht ködern.«

»Nun«, sagte Katinka lächelnd, »dann danke ich Ihnen. Ich muss Ihre Zeit nicht länger beanspruchen.«

Marga Klar starrte sie an. »Aber – wer hat das Geld denn jetzt genommen?«

Wer hat das Geld gestohlen und womit hat die Person sich verraten?

Manfred. Er behauptete, nicht zu wissen, wo das Geld steckt, aber er wusste es doch, denn er sagte, dass die Stelle schmutzig war ,und warf Eva vor, dort nicht geputzt zu haben: beim Abflussrohr unter der Spüle in der Waschküche.

Lösung: 10. Rätsel-Krimi, Bamberg

SABINE FINK
TOD À LA PROVENÇALE

»Jessas, naa!«, entfuhr es der Erlanger Kommissarin Maria Ammon.

Ihr junge Kollegin Michelle Schmitz riss die Augen auf. »Das ist jetzt aber nicht wahr, oder?«

Durch die Windschutzscheibe ihres Dienstwagens starrten sie auf drei Kälber, die hinter der Straßenbiegung wie aus dem Nichts aufgetaucht waren und keine Anstalten machten, sich von der Straße weg zu bewegen. Vorsichtig gab Maria Gas. Die Kälber sprangen ein Stück zur Seite, doch an ein Vorbeifahren war nicht zu denken.

»Und jetzt?«

»Die sind von da drüben.« Maria deutete auf den heruntergewirtschafteten Einödhof rund 50 Meter weiter. »Und da müssen wir auch hin. Also treibst du sie einfach vor, damit ich weiterfahren kann.«

Entsetzt riss Michelle die blauen Kulleraugen auf. »Bist du jeck?«

Maria verdrehte die Augen. »Die haben mehr Angst vor dir, als du vor ihnen.«

Michelle verschränkte die Arme. »Auf keinen Fall!«

»Großstädter!«, bemerkte Maria trocken und parkte kurzerhand am Straßenrand. »Ich tippe, die Leiche, zu der wir wollen, ist in dem Stall, in dem diese putzigen Moggerla daheim sind.«

»Diese was?«

»Diese Kälbchen. Hopp etz. Wir laufen den Rest. Und

brich dir nicht deine Absätze auf dem Kopfsteinpflaster«, spöttelte Maria.

»Die Toten könnten ja zur Abwechslung mal in der Stadt rumhängen, anstatt hier am …«

»Gesäß des Universums«, bot Maria hilfreich eine Bezeichnung an. »Du könntest dir auch einfach mal ein paar ordentliche Schuhe ins Auto legen. Es ist ja nicht so, als wären wir zum ersten Mal im Landkreis unterwegs.«

»Du und deine sinnvollen Ideen.« Die Blondine zog einen Schmollmund.

Maria grinste. Während sie mit Nachdruck die Kälber in Richtung Hof scheuchte, balancierte Michelle, auf großen Abstand zu den Tieren bedacht, über das Kopfsteinpflaster. Als der Tross sich der Einfahrt näherte, konnten sie den Streifenwagen sehen, der unweit eines Misthaufens geparkt hatte.

»Ja, Servus!« Die beiden Streifenbeamten grinsten, als sie Marias Bemühungen beobachteten, die Kälber nicht wieder ausbüxen zu lassen. »Schön, dass ihr gleich Verstärkung mitgebracht habt.«

Michelle tippelte auf eine halbwegs ebene Stelle. »Genau! Und um die könnt ihr euch jetzt kümmern, weil … wir übernehmen ja die Leiche.« Sie lächelte süßlich.

In diesem Moment rannte ein Kalb mit einem lauten Muh wieder auf die Straße zurück. Die anderen Kälber folgten schleunigst.

»Diese Fregger!«, fluchte Maria kopfschüttelnd. Dann sagte sie an die Polizisten gewandt: »Servus … also, wo ist sie?«

»Im Stall. Sie heißt Christa Wohlrab. Ihr Ehemann hat sie gefunden.«

»Und wo ist der?«

»Da!« Der eine Beamte deutete auf einen alten Mann, der aus der Haustür des baufälligen Hauses geschlurft kam. »Also, wir gehen dann mal die Moggerla einfangen. Sagt Bescheid, wenn ihr uns braucht.«

Überrascht über das beherzte Eingreifen, hob Michelle die Brauen.

»Letzte Woche hatten wir erst ein Schwein, das vom Schlachthoftransporter entwischt ist«, rief der andere Beamte augenzwinkernd. »Kann jetzt auch nicht schwieriger sein.«

Maria war bereits bei Wohlrab. Sein Äußeres zeigte dieselben Spuren von Verwahrlosung wie die gesamte Hofanlage. Er war groß, doch er ging leicht gebeugt, was vermutlich nicht nur mit dem Tod seiner Frau zu tun hatte. Die jahrelange Arbeit hatte ihren Tribut gefordert.

»Herr Wohlrab? Ich bin Maria Ammon von der Kripo und das ist meine Kollegin Frau Schmitz.«

Wohlrab nuschelte eine Begrüßung und rieb sich schniefend mit dem Ärmel über die Nase. Angeekelt verzog Michelle das Gesicht.

»Mein Beileid zum Tod Ihrer Frau«, sagte Maria freundlich. »Wir würden uns gern zuerst im Stall umsehen. Möchten Sie uns begleiten oder warten Sie lieber draußen?«

»Ich komm schon mit«, brummte Wohlrab.

Gemeinsam betraten sie den großen Stall, in dem es nach Mist und tierischen Ausdünstungen roch. Es gab Platz für ein Dutzend Kühe, doch lediglich drei waren dort angebunden. Während sie gemächlich mit ihren dünnen Schwänzen nach Fliegen schlugen, musterten sie die Besucher mit ihren großen Augen. An einem Seil, das von einem wuchtigen Eichenholzbalken herabhing, baumelte die Leiche Christa Wohlrabs, darunter lag ein umgestürzter dreibeiniger Holzschemel. Wohlrab blieb gleich neben der Tür stehen. Wieder benutzte er seinen Ärmel als Taschentuchersatz. Michelle wandte den Blick ab.

»Meine Frau hat heut früh sogar erst noch die Tiere versorgt. Sie war immer pflichtbewusst und ordentlich«, sagte Wohlrab mit belegter Stimme, während Maria den Stall und die Tote in Augenschein nahm. »Da auf dem Schemel hat sie sich oft bei der Arbeit ausgeruht.«

Die Tote wies die üblichen, hässlichen Zeichen des Erstickungstodes auf. An der schlaff herabhängenden rechten Hand der Toten steckte der Ehering genau auf Augenhöhe Marias und schwang sanft hin und her wie ein hypnotisches Pendel. Keine sichtbaren Anzeichen von Fesselspuren, stellte Maria fest, als sie vorsichtig die Handgelenke untersuchte.

»Haben Sie eine Idee, warum Ihre Frau das getan hat?«

»Das Alter. Sie kränkelte dauernd«, sagte Wohlrab düster. »Sie wurde immer schwächer, aber … sie wollte nicht fort und den Hof aufgeben. Wir haben die Arbeit hier kaum noch geschafft. Christa hat immer gesagt, sie wolle hier sterben. Auf dem Hof.«

Maria nickte nachdenklich. »Haben Sie denn keine Hilfe bei der Arbeit?«

Wohlrabs Schultern sanken noch tiefer. Schließlich schüttelte er den Kopf. Seine Stimme war sehr leise. »Keine.«

»Und was machen Sie dann jetzt?«, erkundigte sich Michelle. »So allein, meine ich.«

Der alte Mann seufzte. »Ich … werde ins Seniorenstift ziehen.«

Maria betrachtete die Szene. Den Schemel, der unter der Leiche lag, eine alte Holzleiter an der Wand. Es war sicher schwierig für die gebrechliche alte Frau gewesen, das Seil mithilfe der Leiter an dem Balken zu befestigen. Schwierig durchaus, aber keineswegs unmöglich.

Maria drehte sich zu Wohlrab herum. »Es tut mir leid, Herr Wohlrab, aber ich muss Sie vorläufig festnehmen.«

»Warum?«, fragte Wohlrab erschrocken.

»Wieso?« Auch Michelle sah verwirrt aus.

»Wie Sie Ihre Frau ruhiggestellt haben, wird die Obduktion ergeben, aber Sie haben sie erhängt – und damit umgebracht.«

Warum ist sich Maria sicher?

Lösung: 11. Rätsel-Krimi, Erlangen

:

Ein Schemel ist höchstens kniehoch. Christa Wohlrabs Hände sind aber auf Augenhöhe Marias, daher hängt sie deutlich höher und muss also »Hilfe« gehabt haben.

CLAUDIA SCHMID
MANNHEIM 2020

Dunkel. Diese elende Dunkelheit. Und dieses nervenaufreibende Geräusch des tropfenden Wassers. Die Matratze ist widerlich. Warum bin ich hier? Meine Familie ist nicht reich, es ist sinnlos, sie zu erpressen. Wie blöd! Gehe ans Auto, als der Typ mich nach dem Weg fragt. Wo es hier auf die Rheinau geht? Der hätte nur geradeaus fahren müssen, vom Seckenheimer Wasserturm kommend. Genau das wollte ich ihm sagen. Ich also ans Auto und beuge mich zu dem Fahrer. In dem Moment schnellt seine Hand hervor und presst mir einen stinkenden Lappen vor die Nase. Als ich wieder zu mir komme, liege ich hier drin. Es muss unter einer Autobahn sein, ich höre Fahrgeräusche von Autos. Und Züge. Ein Bahnhof muss ganz in der Nähe sein, denn manche Züge bremsen und fahren dann wieder an. Mein linker Fuß pocht. Ich ertaste einen Verband.

Kriminalhauptkommissarin Melanie Härter schob einen roten Gummibären zwischen ihre Backenzähne und zermalmte ihn mit kräftigen Bewegungen ihres Kiefers. Ihr Blick schweifte durchs Zimmer und blieb am Fenster hängen. Wasser rann an der Scheibe herunter, verschwamm die Aussicht. Ihr Handy vibrierte, zeigte den Namen ihres Sprösslings an. Unwillig nahm sie das Gespräch entgegen. Felix war im Moment ziemlich anstrengend. »Was is?«, raunzte sie.

»Ich übernachte heute bei Martin, okay?«

Martin, der war vermutlich mit ihm in einer Klasse. »Ist mir recht.«

Sie und Felix lebten allein. Von seinem Vater hatte sie sich schon vor Jahren getrennt.

Die Tür zu ihrem Büro wurde aufgerissen. Ihr Kollege Jörg Kenner kam herein, legte einen gepolsterten Umschlag auf ihren Schreibtisch. »Post für dich.«

Melanie schaute auf das Kuvert. »Da ist gar kein Absender drauf.«

»Machs doch gleich mal auf.« Jörg versenkte seine 190 Zentimeter auf einen Stuhl. »Adressiert ist es jedenfalls an dich persönlich. Hast du einen neuen Verehrer?«

Melanie warf ihm einen giftigen Blick zu. Für ihr Gefühl verweilte Jörgs Blick einen Tick zu lange in ihrem Ausschnitt. Sie schlitzte das Kuvert auf und schüttelte den Inhalt auf die blaue Schreibtischunterlage.

Ungläubig schaute sie auf das, was vor ihr lag. Es war ungefähr zwei Zentimeter lang und sehr hell.

Jörg schob entsetzt seinen Stuhl zurück. »Mist, ich hol die Kriminaltechniker, die sollen sich das anschauen.«

Melanies Telefon klingelte. Eine metallene Stimme knarrte ihr verzerrt entgegen. »Meine Post ist angekommen?«

»Wer sind Sie?«

»Jeden dritten Tag wird ein junger Mensch in Mannheim entführt.«

Melanie starrte auf ihren Schreibtisch.

»Sie haben 48 Stunden Zeit, meine Forderungen zu erfüllen.«

»Was wollen Sie?«, stieß Melanie hervor.

»Warten Sie auf Ihre nächste Post.«

Melanie stürmte in das Büro ihres Chefs.

Der Erste Kriminalhauptkommissar Erich Klöppner schaute kurz hoch. »Melanie, was gibt's?«

»Wir brauchen eine SOKO Entführung. Jemand hat mir einen Zeh geschickt und mit einer weiteren Entführung gedroht.«

Erich Klöppner schnellte hoch. »Eine weitere Entführung?«

»Eine Person wurde bereits entführt. Und der haben sie einen Zeh abgeschnitten. Liegt auf meinem Schreibtisch.«

Erich Klöppner trommelte sofort die ›SOKO Zeh‹ zusammen. Ihr gehörten Melanie Härter, Jörg Kenner und die 40-jährige Silke Bremer, der erfahrene Kollege Günter Friedrich sowie Chantal Wagenrad an.

Es regnete immer noch. Was für ein passendes Wetter zu einem hässlichen Fall.

Mitten in die Besprechung platzte Veronika mit einem Ausdruck herein. »Hier, diese Mail kam eben. Möchte wetten, die IP-Adresse gibt es schon nicht mehr.«

»Liest mal einer vor?«, schnauzte Klöppner. Seine Nerven waren ziemlich angespannt. So einen ähnlichen Fall hatte er in seiner gesamten Dienstzeit nicht gehabt.

Jörg schnappte sich das Blatt. »Eine junge Frau ist in meiner Gewalt. Die Stadt Mannheim soll ihre Bewerbung zur Kulturhauptstadt 2020 zurückziehen. Wenn nicht, wird jeden dritten Tag ein junger Mensch entführt. Der Oberbürgermeister soll eine öffentliche Erklärung abgeben, dass die Stadt von der Bewerbung zurücktritt.«

Silke Bremer beugte sich vor. »Ein Verrückter, das ist das Schlimmste bei einer Entführung. Mit denen kannst du nicht verhandeln.«

Jörg stöhnte auf: »Der Zeh ist schon zur Untersuchung in der Kriminaltechnik.«

Günter Friedrich fragte: »Wie viel Zeit haben wir bis zur nächsten Entführung?«

Melanie stöhnte auch. »Nach der Zeitrechnung dieses Irren wird er übermorgen wieder zuschlagen.«

Anstrengend war dieser hässliche Tag gewesen. Immerhin nieselte es nur noch. Kurz vor ihrer Wohnung sah Melanie den Mann aus der WG von der Etage über ihr, wie er ein Auto mit Ludwigshafener Kennzeichen einparkte. Sie wunderte sich, denn den hatte sie doch vor Kurzem bei ›Share a Car – Mannheim‹ getroffen, das Auto hatte er ihr wärmstens empfohlen. Jetzt fiel ihr auch sein Name wieder ein: Dietmar Lallhuber.

Später versuchte sie, Felix zu erreichen. Doch es sprang lediglich seine Mailbox an. Wieso war sie bloß wieder derart kurz angebunden gewesen, als ihr Sohn sie angerufen hatte?

Der Schmerz im Fuß wird stärker. Weshalb tut der bloß so verdammt weh? Ich fühle einen klebrigen Verband. Was haben die mit meinem Fuß gemacht? Ich taste hungrig den Raum ab. Doch außer einer Flasche mit Wasser finde ich nichts. Ich muss durchhalten. Plötzlich bilde ich mir ein, dass da jemand an der Tür ist. Kommt er zurück? Schlägt er mich? Vielleicht ist es aber auch jemand, der mir hilft? Ich trommele mit beiden Fäusten an die Tür und schreie. Die Autos über mir sind laut, zu allem Überfluss fährt auch noch ein Zug vorbei.

Melanie lag bereits im Bett, als es an ihrer Wohnungstür klingelte. War das Felix? Sie schaute auf ihre Uhr: Kurz nach elf. Vor ihrer Tür stand Oma Grete von unten. »Was gibt's?«

Oma Grete schob sie energisch zur Seite und marschierte

in die Küche. »In dem Schrebergarten neben meinem stimmt was nicht!«

Melanie schlurfte ihr schlaftrunken hinterher. »Aha.« Sie erinnerte sich, dass Oma Grete am Teufelsloch einen Schrebergarten besaß. Felix hatte dort sogar einmal seinen Kindergeburtstag gefeiert. »Was stimmt denn da nicht?«

»Die Lilli schlägt an der Nachbarhütte an. Nur mit Mühe konnte ich sie wegzerren.«

Lilli legte ihren Kopf schief und musterte Melanie mit Knopfaugen, die schwarz waren wie zwei Stückchen Steinkohle.

Melanie war plötzlich hellwach. »Und seit wann schlägt sie da an?«

»Sag ich doch, seit heute.« Oma Grete klang beleidigt. Sie hatte sich doch klar ausgedrückt!

Melanie huschte ins Schlafzimmer und kam angezogen zurück. »Oma Grete, wenn ich in einer Stunde nicht zurück bin, rufst du die 110 an. Verstanden?«

»So kompliziert ist das nicht. Ich bin ja nicht verkalkt.«

Melanie trat in die Pedale. Es war nicht weit zu der Schrebergartenanlage. Das Fahrrad knarrte auf dem Kies. Hinter der Gartentür stolperte Melanie über eine lose Bodenplatte. Fluchend schaltete sie ihre Taschenlampe ein. Aber war sie damit nicht auch selbst bestens sichtbar? Sie drehte sie wieder aus. Die Hütte rechts war es. Melanie stieg über den niedrigen Zaun und stand in einem kleinen Teich. Mit nassen Schuhen näherte sie sich dem Gartenhäuschen. Melanie hielt inne und duckte sich instinktiv. Was würde sie da drin vorfinden? Eine Frau mit einer Wunde am Fuß? Und was, wenn sie die ganze Zeit über beobachtet wurde? Sollte sie doch die Kollegen informieren? Aber wie sollte sie Klöppner klarmachen, dass sie entgegen aller Regeln allein losgezogen war?

Melanie schritt beherzt auf die Tür zu. Kaum drinnen, spürte sie einen brennenden Schmerz in der Wade. Sie biss sich auf die Unterlippe und riss die Taschenlampe nach oben. Mit einem gewaltigen Fauchen ging die Katze erneut auf sie los. Auf einer Bank lagen in einer Kiste kleine Kätzchen.

Morgens fühlte Melanie sich ziemlich erschöpft. Ihre zerkratzte Wade schmerzte. Sie ließ kaltes Wasser über ihr Gesicht laufen, um sich anschließend von ihrer Wohnung in der Seckenheimer Straße durch einen Wolkenbruch an die Straßenbahnhaltestelle und zu ihrer Dienststelle zu kämpfen. Jörg war bereits da. Er legte eine Tüte Gummibären auf ihren Schreibtisch. »Schlecht geschlafen?«

Chantal Wagenrad eröffnete die Besprechung. »Auf dem Ladenburger Revier ist ein Anruf eingegangen. Einem Frührentner ist im Dossenwald was aufgefallen. Der war mit seinem Hund an der Waldrennbahn vor Mitternacht Gassi. Da sei in der Nacht ein Auto die Verlängerung des Turfwegs gefahren. Er habe an ein Liebespärchen gedacht. Aber der dunkle Golf sei zur Unterführung an der A6 gefahren und kurz darauf gleich wieder zurückgekommen. Da saß aber einer allein im Auto. Und nun fragt er uns, was denn der Mann um Mitternacht unter der A6 gemacht haben könne. Er hat das Kennzeichen des Autos.«

Melanie sprang auf. »Wir schauen uns das an.«

Jörg und Melanie waren in ihrem weißen Opel auf Höhe

des Einkaufszentrums in Neckarau, als sie die Nachricht bekamen, dass der Golf in Seckenheim gefunden worden war. Er war als gestohlen gemeldet.

Sie fanden den Brückenpfeiler mit der Eisentür auf Anhieb. Zum Glück hatte Jörg Werkzeug im Kofferraum.

Sie leuchteten mit einer großen Stablampe den Hohlraum im Pfeiler aus. Eine verängstigte junge Frau kauerte auf einer schäbigen Matratze. An ihrem linken Fuß trug sie einen blutdurchtränkten Verband. Melanie drängte sich an Jörg vorbei und nahm sie in den Arm. »Es ist vorbei, Sie sind in Sicherheit.«

Jörg telefonierte nach einem Krankenwagen.

Melanie nahm gerade die Fingerabdrücke von der Tür ihrer WG-Nachbarn, als die Haustür klapperte und Felix nach Hause kam.

Einige der Fingerabdrücke passten exakt zu jenen aus dem gestohlenen Auto. Melanie fuhr mit Jörg zu Dietmar Lallhubers Arbeitsplatz. Er verstrickte sich in Widersprüche und gab schließlich an, wenn Mannheim 2020 Kulturhauptstadt würde, brächte dies den totalen Verkehrskollaps für die Stadt. Das wollte er mit seiner Aktion verhindern.

Was führte zum Täter?

Lösung: 12. Rätsel-Krimi, Mannheim

Das Auto, mit dem Melanie ihn sah, war das gestohlene Tat-Fahrzeug. Es fehlte die ›Share a Car‹-Aufschrift. Dass er sich ein eigenes Auto gekauft hatte, schied aufgrund seiner Überzeugung aus.

MARCUS IMBSWEILER
FC EINHEIT

Die Luft war zum Schneiden.

Es roch nach Duschgel, Deo, Zigaretten und uralten Socken. Vor allem aber nach Schweiß. Nach stechend bitterem Männerschweiß.

Nein, es war kein Spaß, Vorsitzender eines Fußballvereins zu sein.

»Männer«, rief Schenk, der Vorsitzende, und schloss die Kabinentür. »Hört mal einen Moment zu!«

Stattdessen hörten wir zu: dem Jubel und Gegröle der 15 Fußballer, ihren »Derbysieg!«-Parolen und dem ewigen »FC Einheit! FC Einheit!«. Schienbeinschoner und Stutzen wurden in die Höhe geworfen, aus der Dusche kam eine Red-Bull-Dose geflogen, die ersten Kronkorken spritzten durch den Raum. Zur Sicherheit hielt ich mich an einem Kleiderhaken fest.

»Mensch, Leute«, jammerte Schenk, aber weiter kam er nicht. Ein halb nackter Zweizentnertyp fiel ihm um den Hals und presste seinen nassen Brustpelz gegen die Krawatte des Vorsitzenden. Rhythmisches Geklatsche begann: »Alter, rück den Braunen raus! Alter, rück den Braunen raus!«

Das war er also, der ruhmreiche FC Einheit, Tabellenführer in der Kreisliga A Heidelberg.

Schenk, der noch immer von dem Bär abgeknutscht wurde, nestelte mit einer Hand seine Brieftasche hervor und zückte einen braunen 50-Euro-Schein. Jetzt kannte der Jubel keine Grenzen mehr. 50 Euro, das waren mindestens vier Kästen

Bier, also deutlich zu viel für ein schmeichelhaftes 1:0 gegen die Truppe aus dem Nachbardorf. Ich musste handeln.

Bevor einer der Kicker zugreifen konnte, schnappte ich mir den Schein und hielt ihn in die Höhe.

»Erst die Arbeit, dann die Sauferei!«, rief ich. »Wir müssen reden. Über den Mord an Jennifer.«

Ein Gegentor in der Nachspielzeit hätte keine größere Wirkung erzielt. Meinen 15 Helden kippte das Grinsen aus dem Gesicht. Selbst unter den Brauseköpfen schauten sie ertappt. Als die letzte Dusche ausging, herrschte Totenstille.

Schmieriges Lächeln des Vorsitzenden. »Er heißt Koller. Privatermittler. Es gibt Neuigkeiten.«

»Polizei?«, fragte einer. Sie waren noch immer paralysiert.

»Nix Polizei«, sagte ich. »Allerdings kenne ich dort ein paar Leute. Von denen weiß ich, dass es eine neue Spur im Fall Jennifer gibt. Die Leiche wurde noch einmal untersucht, und dabei wurde Fremd-DNA entdeckt. Ist euch klar, was das heißt?«

Schweigen.

»Es heißt, dass sie von jedem von euch eine Speichelprobe nehmen werden. Sobald der Staatsanwalt sein Okay gibt.« Ich fächelte mir mit dem Geldschein Luft zu. »Es sei denn, ihr kürzt den Vorgang ab. Indem ihr mir erzählt, was vor drei Jahren passiert ist.«

Das war der Startschuss. Der Anpfiff zu einem 90-minütigen Proteststurm. Mit Rückspiel und Verlängerung! So lange wollte ich nicht warten.

»Jennifer ist tot«, brüllte ich, »und ihr flennt los, wenn es euch an die Spucke geht!«

»Warum wir?«, brüllte der Kapitän des Teams zurück. »Immer hackt ihr auf uns rum!«

»Ihr habt das Mädchen als Letzte lebend gesehen, das ist ein Fakt. Und deshalb …«

»Aber getan haben wir ihr nichts. Bescheuert ist das! Jennifer war unser größter Fan.«

»Okay. Dann der Reihe nach. 26. September vor drei Jahren. Ein Mittwochabend. Ihr begießt euren Pokalsieg, zusammen mit Jennifer. Was ist da passiert?«

»Sie hat uns Bier in die Dusche gebracht«, rief einer der Nackten und kratzte sich demonstrativ am rasierten Gemächt. »Dabei ist sie ein bisschen nass geworden. So unten rum.«

Ein paar lachten.

»Und was sagte ihr Freund dazu?«, entgegnete ich.

Sämtliche Blicke fielen auf einen der Außenverteidiger, einen schmalen Kerl mit Koteletten. »Wir waren nicht mehr zusammen«, stotterte der. »Sie ging damals mit Lars.«

»Quatsch keinen Mist!« Sein Gegenüber erhob sich. Um die Hüften ein Handtuch, in der Rechten eine Bierflasche, Piercings in beiden Brustwarzen. »Kurz mal durchgenudelt ist nicht miteinander gehen, klar?«

»Eifersucht?«, fragte ich den Schmalen.

»Wir doch nicht«, antwortete der Brustgenietete statt seiner, setzte sich neben ihn und legte ihm einen Arm um die Schulter. »Er durfte dafür an meiner Ex rumschrauben. Wir sind der FC Einheit, verstehst du, Schnüffler?«

»FC Einheit!«, erscholl prompt das Kabinenecho, gefolgt von: »Derbysieg!«

»Trotzdem gab es Streit mit Jennifer«, sagte ich.

Der Außenverteidiger schüttelte den Kopf. »Nicht mit mir. Sie hat Wolle eine gescheuert, aber ich weiß nicht, warum.«

Wolle? Aus einer Ecke kam höhnisches Gelächter. Ich

erkannte den Typen mit Stiernacken wieder, der kurz vor Schluss vom Platz geflogen war. »Hab sie bloß gefragt, ob in meinem Tattoo kein Schreibfehler ist.« Grinsend ließ er die rote FC Einheit-Hose herunter. ›Ladies' Revenge‹ stand in gotischen Lettern zwischen Bauchnabel und Penisansatz. Durch die gerodete Schamhaarlandschaft lief ein dicker Pfeil erdwärts.

»Mann, Wolfgang, musste das sein?«, meldete sich der Vorsitzende zu Wort.

»Der Wolle hat nur Hauptschule«, meinte Lars. »Da wird man doch eine Gymnasiastin um Hilfe bitten dürfen.« Er nahm einen Schluck Bier, um sich anschließend mit der Flasche an die Brust zu klopfen. Tock-tock, machte das Glas auf den Metallnieten.

»Und dann?«, fragte ich Wolle.

»Dann hab ich ihr auch eine gescheuert. Aber nur leicht, war ja 'n Mädchen.«

»Wer von euch hat Jennifer an diesem Abend als Letzter gesehen?« Ich schaute in die Runde. Achselzucken. Einer rülpste in die Stille hinein.

»Irgendwann war sie weg«, meinte der Kapitän schließlich. »Allein. Sagte nicht mal Tschüss.«

»Keiner hat sie nach Hause begleitet? Euren größten Fan?« Wieder Stille. Mir fiel auf, dass einige verstohlen zum Torwart der Mannschaft linsten. Der zückte in aller Ruhe eine Schachtel Zigaretten, klopfte eine heraus und entzündete sie mit einem Feuerzeug.

»Das ist unprofessionell«, schimpfte Schenk, der Vorsitzende. »Rauchen nach dem Spiel! Wie oft habe ich dir gesagt, Helmut …«

»Ich habe ihr angeboten, sie mitzunehmen«, unterbrach ihn der Torwart mit derselben Gelassenheit, die ihn auch im Spiel ausgezeichnet hatte. »Aber sie wollte nicht. War mit dem Fahrrad da. Also bin ich ohne sie los.«

»Marlboro?« Ich zeigte auf die Schachtel, die er noch in seinen Pranken hielt. »Eine Zigarette dieser Marke wurde in Jennifers Jackentasche gefunden. Dabei rauchte sie gar nicht.«

Stille. Der Torwart nahm einen tiefen Zug. Dann stand er auf und kam auf mich zu. Seine Muskeln stammten zu 100 Prozent aus dem Fitnessstudio, in seinen Körper passte ich zweimal rein. Erst als sich sein Eierkopf direkt vor mir befand, blieb er stehen. »Woher willst du das wissen?«, sagte er. Sein Nikotinatem schlug mir ins Gesicht. »Sie hat eine von mir geschnorrt, fertig. Ob sie die rauchen oder sich irgendwohin stecken wollte, war mir egal.« Ohne mich aus den Augen zu lassen, streckte er den Arm aus und tippte dem Vorsitzenden mit seinem dicken Zeigefinger auf die Krawatte. »Und du spar dir deine Belehrungen, Schenk. Ein Torwart braucht seine Kippen.«

Ich hielt seinem Blick stand. »Dann kannst du mir auch nicht erklären, warum Jennifers Jacke am Tag danach auf dem Sportplatzgelände gefunden wurde, sie selbst aber versteckt im Wald?«

»Nee, kann ich nicht.« Er blies mir eine letzte Wolke Rauch zwischen die Augen, dann setzte er sich wieder.

»Mich hat das eh gewundert«, ließ der Kapitän hören. »Das mit der Jacke, meine ich. Es war doch viel zu kalt, um ohne loszuradeln.«

»Deshalb vermutet die Polizei den Täter ja auch unter euch«, sagte ich.

»Bullshit«, rief der Nackte von der Dusche her. »Da will uns einer was anhängen. Warum fragt keiner die Loser aus Sandhausen, die wir aus dem Pokal geschmissen haben? Die hatten genug Frust, um einem Fan von uns was anzutun!«

Diese Behauptung fand stürmische Zustimmung. Ja, zu den Hühnerfickern aus Sandhausen solle ich fahren, dort sei der Täter zu suchen. Der Beifall war so groß, dass ich die Bemerkung des Mittelstürmers fast überhört hätte.

»Wo ist das Sperma denn gefunden wurden?«, fragte er Schenk. »Sie war doch angezogen, hieß es.«

»Moment mal«, unterbrach ich. »Hier hat kein Mensch von Sperma gesprochen!«

Verblüfft glotzte der Typ mich an. Ob sein Vierkantschädel mehr enthielt als eine Handvoll Mittelstürmergrütze, kann ich nicht sagen. Immerhin hatte er damit ein blitzsauberes Kopfballtor erzielt.

»Von Sperma war nie die Rede«, wiederholte ich. »Nur von Fremd-DNA. Wie kommst du darauf, dass es Sperma gewesen könnte?«

»Was denn sonst?«, gab er zurück. Und verhaspelte sich bei den folgenden, überstürzt vorgebrachten Erklärungen: »Wo sie doch in Kleidern war. Wenn du da Haare findest oder Spucke oder so was, ist das keine Spur. Kann sie ja überall … von jedem hier. Der eine knutscht sie ab, der andere knallt ihr eine. Muss also was Besonderes sein, das mit der DNA. Sperma.«

»Kann. Muss aber nicht.«

»Sondern?«

»Hautpartikel unter den Fingernägeln beispielsweise.«

»Die wurden doch vor drei Jahren schon untersucht.«

Ich schwieg. Sollte ich den Kerl unterschätzt haben?

»Sie war angezogen?«, mischte sich der Außenverteidiger ein. »Da habe ich was anderes gehört.«

»Was?«, fragte ich.

»Na, dass sie so halb … also Hose bis zu den Knien runter. Hat der Förster erzählt, der sie gefunden hat.«

»Mit hochgezogenem T-Shirt«, ergänzte Wolle.

»Quatsch!«, rief der Kapitän. »Sie war vollständig bekleidet. Die Jacke sogar noch geschlossen.«

»Keine Jacke. Hast du doch gerade gehört.«

»Stimmt, hab ich vergessen«, murmelte der Kapitän.

»Sie war angezogen«, nickte der Mittelstürmer. »Keine Vergewaltigung. Deshalb frage ich mich, wo sie das Sperma gefunden haben wollen.«

Alle blickten mich erwartungsvoll an. Von mir würden sie nichts erfahren. »Jennifer nur halb bekleidet«, raunte ich dem Vorsitzenden zu. »Kannten Sie dieses Gerücht?«

»Nein«, flüsterte Schenk. »Ich war auf Dienstreise, als sie gefunden wurde. Erst am Mittwoch darauf erfuhr ich im Bürgermeisteramt, was passiert war.«

»Angezogen oder nicht.« Der unter der Dusche spielte mal wieder mit dem Nacktmull zwischen seinen Beinen. »Wenn ihr eine DNA-Probe von mir braucht, kann ich euch hier und jetzt eine verabreichen. Interesse?«

»Danke«, winkte ich ab. »Vielleicht erübrigt sich das.«

Was war Max Koller aufgefallen?

»Der Vereinsvorsitzende Schenk war bis Mittwoch nach der Tat auf Dienstreise. Da dieser Mittwoch auf den 3. Oktober und somit auf einen Feiertag fiel, kann er schwerlich auf dem Bürgermeisteramt von dem Mord erfahren haben. Es war Schenk, der Jennifer nach dem Spiel auflauerte, sie belästigte und schließlich tötete. Übrigens handelte es sich bei der angekündigten Speichelprobe um eine Erfindung Kollers. Bitte nicht weitersagen.«

14. Rätsel-Krimi, München

MICHAEL GERWIEN

DER TOTE AUF DEM VIKTUALIENMARKT

»Was ist denn da vorn los?«

Die hübsche dunkelhaarige Kneipenwirtin Monika Schindler zupfte ihren Freund, den blonden Thalkirchner Exkommissar Max Raintaler, am Ärmel und zeigte auf den Menschenauflauf gut 30 Meter vor ihnen in südlicher Richtung.

»Keine Ahnung. Bin ich Hellseher?« Max hob den Blick von der Käseauslage, die er gerade an dem kleinen Stand neben sich begutachtet hatte. Seine stahlblauen Augen lugten dabei grantig hervor.

Er hatte schlecht geschlafen und dann hatten sie vorhin auch noch gestritten, weil er lieber in seinem Biergarten in den Isarauen gefrühstückt hätte, anstatt sich hier auf dem Viktualienmarkt von Tausenden von Touristen auf den Füßen herumtrampeln zu lassen. Aber Monika musste ja unbedingt immerzu in ihr Lieblingscafé gleich neben der Schrannenhalle gehen. Logisch. Warum konnte er sich eigentlich nie gegen sie durchsetzen? War er am Ende ein Weichei? Oder noch schlimmer ein Frauenversteher?

»Jetzt sei halt nicht so schlecht gelaunt. Du kannst ja heute Abend wieder in deinen geliebten Biergarten gehen.«

Natürlich wusste Monika ganz genau, was ihrem Begleiter nach wie vor die Laune verhagelte. Schließlich kannte sie ihn seit einer halben Ewigkeit.

»Heute Abend hab ich keine Lust mehr.«

»Warum?«

»So halt.« Er zuckte trotzig die Achseln.

»Aha. Na fein. Schauen wir trotzdem mal nach, was da vorn los ist?« Sie konnte das breite Grinsen, das sich auf ihre Lippen stahl, nicht unterdrücken.

»Klar, ganz wie du willst, liebe Monika.«

»Also nicht?« Sie zog die Stirn kraus. Sein ironischer Tonfall war ihr nicht entgangen.

»Doch, doch. Gehen wir hin. Vielleicht gibt's ja was umsonst.«

Als sie vor der Versammlung standen, erkundigte sich Max bei der rotbackigen rundlichen Frau, die ihnen am nächsten stand, was passiert war.

»Eine Leiche«, erwiderte sie ehrfürchtig flüsternd mit großen Augen. »Da vorn auf dem Boden liegt sie. Gleich neben dem Valentinsbrunnen. Es ist der Standlbesitzer vom Blumenstandl.«

»Hat jemand die Polizei gerufen?«, rief Max in die Runde, während er Monika stehen ließ und sich durch die betroffen schweigende Menge zum Opfer durchdrängelte.

»Die müsste jeden Moment da sein«, erwiderte ein Mann in Bluejeans und schwarzem T-Shirt. »Mein Gott, wer tut denn nur so was? Bloß weil der Richard ein Geizhals und Halsabschneider war, musste man ihn doch nicht gleich umbringen.«

»Sie kannten den Toten?«, wandte sich Max an ihn.

»Natürlich. Wer kannte den Richard nicht?«, erwiderte der junge Mann und zeigte mit einer großzügigen Geste auf die Umstehenden.

Allgemeines Kopfnicken und bejahendes Gemurmel folgten.

»Darf ich mal.« Max schob zwei üppige Marktfrauen zur Seite, bückte sich zu dem leblosen Körper in Kittelschürze hinunter und knöpfte ihm das Hemd auf, um an seinem Herz zu horchen. Nichts. Der lebte tatsächlich nicht mehr, dachte er.

Ein natürlicher Tod war das auf jeden Fall nicht, wusste er, nachdem er den Körper oberflächlich begutachtet hatte. Natürlich ohne Spuren zu hinterlassen oder etwas zu verändern. Hier musste die Kripo ran, soviel war klar. Den Würgemalen unter seinem Hemdkragen nach, schaute es eher so aus, als hätte man den guten Richard mit einem Seil oder Gürtel stranguliert. Ein Mord mitten in der Innenstadt vor Tausenden von Augen also. Herrschaftszeiten, wo war man denn überhaupt noch sicher?

»Seine Zeit auf Erden ist vorbei«, krächzte ein altes zahnloses Kräuterweiblein. »Der Herr sei ihm gnädig.« Sie bekreuzigte sich mehrmals hintereinander.

»Hat jemand von Ihnen etwas gesehen? Ist er umgefallen? Liegt er schon lange hier?« Max erhob sich langsam und musterte die Schaulustigen mit ernstem Kriminalerblick.

»Als ich vorhin hier vorbeikam, lag der alte Geizknochen schon so da«, erwiderte eine kräftig gebaute Verkäuferin um die Vierzig. »Grad recht geschieht es ihm. Ein echter Widerling war er.«

»Das sagst du doch bloß, weil er dir nicht genug für dein Standl bezahlen wollte, Anna.« Ein älterer Herr mit Baskenmütze auf dem Haupt zeigte mit dem ausgestreckten Finger auf sie.

»Ach, aber für deins hat er dir genug geboten, Ludwig, stimmt's? Ha, da lach ich doch nur.« Sie warf empört den Kopf nach hinten.

»Wann war denn das, als Sie ihn fanden?«, wollte Max von ihr wissen.

»Vor eine Viertelstunde vielleicht.«

»Aha. Da stirbt also jemand am helllichten Tag um neun Uhr morgens und niemand will gesehen haben, was passiert ist? Das gibt es doch gar nicht.«

Max bekam nur betreten zu Boden gerichtete Blicke und Kopfschütteln zur Antwort. Monika hatte sich inzwischen zu ihm vorgearbeitet und stellte sich neben ihn. Sie sah ihn erstaunt über so viel Ignoranz mit großen Augen an. Er schaute ebenso erstaunt zurück.

»Der arme Richard«, meinte eine ungefähr 30-jährige blonde Frau in Lackstiefeln, Minirock und engem T-Shirt nach einer Weile unvermittelt. »Er hat mir immer eine Rose geschenkt, wenn ich bei ihm vorbeikam.«

Max roch ihr billiges Parfüm über die gut vier Meter hinweg. Eine von der Straße, dachte er. Hatte vielleicht ihr Zuhälter die Hand im Spiel? Diesen Burschen war alles zuzutrauen, selbst wenn sie heute zum Teil bereits eigene Sendungen im Fernsehen hatten. Aber das war wieder eine andere Geschichte.

»Bild dir nur weiter deine Schwachheiten ein, Geli!«, plärrte eine 50-jährige Brünette mit einem Strohhut auf dem Kopf. »Der wollte dir doch bloß, ohne zu bezahlen, an die Wäsche, der alte Schwerenöter.«

»Genau, ein Schwerenöter war er, und nichts anderes«, mischte sich eine hübsche rothaarige Standlverkäuferin im Dirndl ein. »Mir hat er noch gestern um die Mittagszeit versprochen, dass er mich bald heiratet. Zwei Stunden später habe ich ihn mit der Sabine herumflirten gesehen.« Sie zeigte auf das schmale blonde Mädchen, das ihr neben einem kräftigen großen Mann im mittleren Alter gegenüberstand. »Hätte ich doch bloß auf meinen Bruder gehört. Der hat mich gleich von Anfang an vor diesem Schwein gewarnt.«

»Ich habe eben nicht mit ihm geflirtet«, erwiderte das schmale blonde Mädchen. »Mein Vater hat es mir verboten.« Sie blickte angsterfüllt zu dem Mann neben sich auf.

»Na gut, Herrschaften. Ich weiß was passiert ist«, verkündete Max. »Der gute Richard wurde ganz offensichtlich ermordet. Und ich weiß auch von wem. Bitte bleiben sie alle noch da, bis die Polizei hier ist.«

Wissen Sie auch, wer es war?

Ganz einfach. Es kann nur der junge dunkelhaarige Mann in Bluejeans und schwarzem T-Shirt am Anfang gewesen sein. Nur er hat bereits vor Max' Leichenbegutachtung gewusst, dass Richard ermordet wurde. Max hatte zudem nichts über seine Vermutungen bezüglich der Strangulation verlauten lassen. Woher sollte der junge Mann also gewusst haben, was geschehen war, wenn er nicht selbst der Täter war, zumal die Strangulationsmale unter Richards Hemdkragen verborgen waren und man somit nicht von außen auf einen Mord hätte schließen können.

Lösung: 14. Rätsel-Krimi, München

PAUL LASCAUX
DIE FÜTTERUNG DER SCHWEINE

»Soll ich das Glas nachfüllen?«, fragte Nicole Himmel und winkte mit der Rotweinflasche.

»Gern. Aber nur bis zum Rand«, müffelte Heinrich Müller. Wenn er so weiter soff, musste er seinen schwarzen Opel im Kandertal stehen lassen und mit dem Zug nach Bern zurückfahren.

Trübsinnig starrte Heinrich aus dem Festzelt hinaus auf einige Berner Alpengipfel, über eine Gruppe von Leuten hinweg, die sich vor einer Sichtschutzwand zu schaffen machten.

Die ›Bauernhof-Olympiade‹ hatte für einen Teilnehmer mit dem verfrühten Ableben geendet. Dieser Mann gehörte zur Gruppe, der Nicole und Heinrich als Vertreter der Detektei Müller & Himmel zugeordnet worden waren. Deshalb saßen sie nicht als Detektive hier, sondern als Zeugen. Oder gar als Verdächtige?

»Hier liegt noch ein Stück kalte Bratwurst«, sagte Nicole und schob Heinrich einen Kartonteller hinüber.

»Alles bio«, knurrte Müller, den man eingeladen hatte, weil er sich als Detektiv mit seinen kulinarischen Fällen einen Namen gemacht hatte und weil der Bauernhof deshalb auf einen Werbeeffekt durch Mund-zu-Mund-Propaganda hoffte.

Den bekäme er bestimmt, aber kaum in der erwünschten Art.

Nicole und Heinrich hatten sich auf der Fahrt Richtung Spiez noch überlegt, was man auf einer solchen Olympiade alles lernen könnte: Kühe melken, Käse herstellen, Pony reiten, Schweine füttern, Geranien schneiden, Gemüse ernten, Äpfel pflücken.

Nun sind bekanntermaßen Vorstellungen das eine. Die Wirklichkeit hingegen macht wenig Anstalten, die Vorstellungen zu erfüllen.

Zuerst wurden alle Teilnehmenden vom Bauern begrüßt, während Frau und Tochter bereits mit den Vorbereitungen fürs Mittagessen befasst waren.

Unsere tapferen Detektive wurden der erweiterten Familie Heinzer zugeteilt, weil eine Gruppe aus acht Personen bestehen musste, und man konnte zählen, so lange man wollte, die Heinzers waren nur zu sechst. Freude herrscht!

»Mein Name ist Linus Heinzer, das ist meine Frau Ida. Katholisch«, bellte er ins evangelische Fundamentalistenland hinaus. Die jüngere Tochter hieß Selina, die ältere Malena, wie aus einem Prospekt für Slipeinlagen.

»Diese schönen Namen habe ich euch gegeben, meine Püppchen«, sagte der Vater stolz, aber mit einem strafenden Blick auf ihre Verehrer Urs und Stefan, die ebenfalls mit von der Partie waren.

Der Parcours bestand aus zehn Stationen. Es ging um Geschicklichkeit und Geschwindigkeit. Als Hauptpreis winkte eine geräucherte Hamme*. Heinzers hatten ein hohes Startgeld hingelegt, und Papa wollte unbedingt gewinnen. So wurden Frau Heinzer, die beiden spätpubertierenden Töchter und ihre ungehobelten Freunde bei jedem Posten bis zur Erschöpfung angetrieben. Leider verwechselte Herr Heinzer Nicole oder Heinrich des Öfteren mit seinen Zöglingen.

* Ein Schinken.

Der erste Posten, das Steinstoßen, rückte die überzogenen Erwartungen gleich ins richtige Licht, denn Linus Heinzer vermied nur mit viel Glück, dass ihm der 15-Kilo-Stein auf die Zehenspitzen plumpste.

»Wundert mich, dass man mich in meinem Alter noch fürs Unspunnenfest* benötigt …«, flüsterte Müller.

»… oder für das Jonglieren von Käselaib-Attrappen auf einem alten Räf**«, murmelte Nicole und zeigte auf den nächsten Posten.

»Dass antike Schubkarren mit Eisenrädern als Transportmittel für offene Wassergefäße dienen, ist mir auch neu«, meinte Heinrich.

Die beiden Berner verschafften sich einen Überblick, während die Heinzers ihre Jungmannschaft zu viert in einen riesigen Plastiksack steckten, mit dem sie hüpfend eine schiefe Ebene überwinden sollten.

»Tempo, Tempo!«, schrie der Vater. Die vier stolperten und stürzten ein ums andere Mal und mussten immer wieder bei null beginnen.

Nicole zeigte auf ein klappriges Heugestell. »Finde ich interessant, dass Bauern bei ungünstigen Windverhältnissen zerfaserte blaue Plastikschnüre in dieses Holz einfädeln.«

Auch das Traktorfahren machten die Heinzers unter sich aus, sodass Nicole und Heinrich mit Freuden das Horn hörten, das zum Mittagessen blies. Die Leute wurden gruppenweise einer Warteschlange zugeordnet, die sich zwischen Salatschüsseln, Brotkorb und Grill auf den zugewiesenen Tisch zu kämpfte.

---

* Zur Beruhigung der Landbevölkerung von der Berner Aristokratie eingerichtetes ›Alphirtenfest‹, zum ersten Mal 1805. Heute wird mit einem Stein von 83,5 Kilogramm gestoßen.

** Rückentraggerät für Käse, ein flaches Brett mit Tragkufe und einem Deckel über dem Kopf.

Heinrich war der Letzte. Er hatte eine Flasche lauwarmes Bier ergattert, was ihm neidische Familienblicke eintrug.

»Da sind endlich die Bauernhoftiere«, lachte er und stach in eine fettspritzende Wurst. Kaum leiser fuhr er fort: »Ich habe mir die Fütterung der Schweine anders vorgestellt!«

Trotz der heißen Temperaturen war die Eiszeit angebrochen. Herr Heinzer peitschte seine Truppe auf Fröhlichkeit ein, aber seine Witze starben vor sich hin. Seine Frau legte für einen Augenblick ihre Sonnenbrille auf den Tisch, setzte sie aber sogleich wieder auf, als habe sie eine gefährliche Strahlendosis erwischt. Es hatte gereicht, dass Nicole ein blaues Auge gesehen hatte.

Nach dem Mittagessen wurde die Familie wieder zur Arbeit angetrieben.

»Wir haben noch eine Chance«, brummte der Vater und gab seiner jüngeren Tochter einen Klaps auf den Hintern, was ihr Freund missbilligend registrierte.

Heinrich konnte den Blick der Mutter hinter der Brille nicht lesen, als die Frau in einer quadratischen Holzhütte mit ausgeschnitztem Herzen in der Tür verschwand.

»Meine Angetraute hat einen schwachen Darm«, teilte Heinzer ungefragt den Detektiven mit. Dann rief er laut und glücklich: »Wirf ein Zündholz rein, dann kriegt sie einen Gratis-Alpenflug!«

Darauf begab sich die Gruppe zum nächsten Posten. Hier bestand die Aufgabe darin, unterschiedlich große, in Plastik eingeschweißte Heuballen einen steilen Hang hinaufzurollen und in der Mitte einen Schneemann zu bauen.

»Sisyphus«, sagte Heinzer, »ihr wisst doch, wer Sisyphus

war? Ein bisschen antike Bildung!« Er stieß bei seiner Jungmannschaft auf Unverständnis.

Diverse Gerätschaften lagen bereit, für diesen oder den nächsten Auftrag, sauber in einer Reihe: Sense, Heugabel, Spaten, Blackenstecher*, Schaufel, daneben kurze und lange Holzbalken, eine Wippe und ein Wasserkübel.

»Ihr dürft alles benutzen«, erklärte der Bauer, »aber nicht alle Werkzeuge sind für diese Aufgabe sinnvoll.«

Linus Heinzer ordnete die Geräte neu, alle mit dem Stiel zum Hang und den Schneideflächen zum Boden.

»Damit mir keiner reintritt!«

Dann verteilte er die Arbeit. In Zweiergruppen mussten die Mädchen und die Jungs je einen Ballen die Wiese hoch stemmen. Für Nicole blieb der kleinste, der den Kopf bilden sollte. Heinrich trug die Holzbalken für das Fundament nach oben. Als er sich auf halber Höhe umdrehte, dirigierte Heinzer mit rhythmischen Rufen. Seine Frau, die unbeschadet vom Plumpsklo zurückgekehrt war, trug den Hut des Bauern, der dem Schneemann aufs Haupt gesetzt werden sollte.

Plötzlich überstürzten sich die Ereignisse. Malena rutschte auf dem feuchten Gras aus, Selina konnte den Heuballen nicht alleine halten. Dieser rollte zuerst über die Hände der Älteren, die kurz aufschrie, nahm dann Fahrt auf und stopfte mit einem letzten Hopser Herrn Heinzer das Maul, bevor er von einem Erntewagen gestoppt wurde.

Nun erzeugt so ein Heuballen eine gewisse Wucht, die einen Menschen beim Aufprall erschrecken kann. Er ist aber doch nicht so schwer, dass der Familienvater hätte liegen bleiben müssen.

* Blacken sind ein gefürchtetes, langlebiges Unkraut, das stark wurzelt.

Heinrich Müller war als erster bei Linus Heinzer. Aus dessen Hals ragten die Zinken der Heugabel, die im Nacken eingedrungen war.

Ein trockener Abgang!

Der verzweifelte Bauer konnte gerade noch verhindern, dass der Hofhund das Blut aufleckte, das langsam aus den Wunden tropfte.

Heinrich Müller schob Nicole Himmel ein weiteres Mal das leere Glas hin. Dann hielt er inne, schwankte leicht beim Aufstehen und rief einen der Ortspolizisten zu sich.

»Verhaften Sie die Frau mit den traurigen Augen«, sagte er zu ihm und erklärte, wie Ida Heinzer es geschafft hatte, den Tod ihres Mannes als Unfall erscheinen zu lassen.

Lösung: 15. Rätsel-Krimi, Bern

Als Frau Heinzer vom Plumpsklo zurückkam, standen alle mit dem Rücken zu ihr am Hang. So konnte sie unbemerkt die Heugabel umdrehen, deren Zinken nun nach oben standen.

MARIJKE SCHNYDER
EIN TÖDLICHES GESELLSCHAFTSSPIEL

»Nore, endlich!«

Nino Zoppa zog den freien Barhocker näher zu sich. Nore Brand, rotwangig von der Kälte, schüttelte ein paar Schneeflocken aus dem Haar und schaute zweifelnd in die Höhe, bevor sie sich zu ihm hinsetzte.

Sie saßen in der Amici Bar der Berner Markthalle; über ihnen schwebte der riesige Goldengel, wie Batman über Gotham City.

Nino Zoppa lachte. »Keine Angst, der fällt nicht herunter, bloß weil du jetzt hier sitzt.«

»Trotzdem ist es sehr verdächtig, dass nur noch diese beiden Plätze hier frei sind. Außerdem glaube ich nicht an Engel. Wie sollte ich da ihren Flugkünsten trauen?«

Der Barmann stellte wie üblich zwei Stangen Bier vor sie hin.

»Also, schieß los«, forderte sie ihn auf. »Ich habe noch etwas vor heute Abend.«

»Ich weiß, ich mach's kurz. Hör gut zu, seit Tagen beschäftige ich mich mit einem einzigen Fall. Ich weiß zwar viel, aber ich begreife nichts«, sagte Nino und rückte näher zu ihr.

Er erzählte ihr von zwei Kunstmalern. Von Nick Schuler, der seit Jahren versuchte, eine Künstlerkarriere zu starten, und von Alexander Wolf, dessen großer Schatten Schulers Absicht immer wieder zunichte gemacht hatte. Nick Schuler hielt sich diesem Alexander Wolf in Bezug auf Technik und Farbverwendung weit überlegen. Doch Alexander Wolf wusste nichts von einem Nick Schuler.

Der gehässigste Tagebucheintrag datierte vom Tag von Wolfs letzter Vernissage, die Nick Schuler besucht hatte. Er zeugte von Schulers unüberwindlicher Abneigung gegen Wolf, ›diesen verfressenen Lebemann und Genussmenschen‹, wie er ihn beschrieben hatte.

Nino Zoppa schüttelte den Kopf und schwieg einen Moment. »Nore, dieser Schuler muss Wolf so gehasst haben! Du kannst dir nicht vorstellen, wie mordlustig seine Tagebucheinträge sind. Ein Bekannter von Schuler hat mir erzählt, er habe im Suff tatsächlich davon geredet, Wolf umzubringen. Schuler hielt Wolf für eine ästhetische Gefahr für die Menschheit.«

Nino Zoppa freute sich. »Ein tolles Mordmotiv, oder?«

Nore Brand machte eine ungeduldige Bewegung. »Und welcher von beiden ist nun tot?«

Nino Zoppa zuckte zusammen und schaute sich um. »Nore, nicht so laut! Wir sind hier nicht allein!«, zischte er. »Nick Schuler ist tot und genau das ergibt überhaupt keinen Sinn. Wir haben sein Atelier untersucht und das Gift gefunden, das ihn getötet hat. Es waren vergiftete Pralinés, sagte Bruder Klaus. Das begreife ich einfach nicht! In Schulers Küche fanden wir auch die Spritze, mit der das Gift in die Füllung der Pralinés kam. Schulers Hund sei zuckerkrank gewesen und deshalb besaß er eine Spritze. Das wusste ein Nachbar, der auch einen Hund hat. Ich habe ihn gesehen, es ist ein hässlicher Dackel mit Hängebauch, fast bis auf den Boden!« Nino Zoppa verzog angewidert das Gesicht. »Aber was das Gift betrifft: Das erhalten nur diplomierte Kunstmaler, gegen Ausweis natürlich. Mit diesem Mittel nehmen sie Bildkorrekturen vor, es ist eine farblose Flüssigkeit, ganz ohne

Geschmack. Alexander Wolf braucht dieses Zeug nicht, weil er offenbar keine Bildkorrekturen vornimmt. Der Kerl hält sich vielleicht für genial.« Nino Zoppa starrte auf das Glas in seiner Hand. »Nick Schuler«, fuhr er dann fort, »ist überhaupt nicht der Typ, der sich umbringt. Ganz im Gegenteil. Das sagten ausnahmslos alle, die ihn kennen.«

»Und die beiden Künstler kannten einander nicht?«

»Nein!«

»Gibt es gemeinsame Bekannte?«

»Das schon. Ist ja klar in dieser Stadt. Wolfs Lieblingsnichte Fabia besucht das Kirchenfeldgymnasium und sie habe einige Schwierigkeiten, darum nimmt sie Nachhilfestunden bei Nuno Perez, das ist der Sohn von Schulers Hauswartin. Dort kommen die gemeinsamen Bekannten also zusammen. Nuno Perez studiert Chemie und er braucht natürlich Geld. Interessant ist, dass Fabia ihren Onkel Alexander regelmäßig besucht. Im Moment sei Alexander Wolf zwar an der ligurischen Küste. Im Winter male er immer im Süden. Er habe ihr letzthin eine Schachtel Pralinés geschenkt. Diese hat sie dann Nuno geschenkt und Nuno hat sie seiner Mutter gegeben. Aber im Moment ist Mama Perez auf Diät, sagt Nuno, sie sei jedes Jahr ungefähr zweieinhalb Wochen auf Diät«, erzählte Nino Zoppa grinsend. Sein Gesicht wurde wieder ernst.

»Soll ich mir jetzt vorstellen, dass sich Frau Perez in Schulers Atelier schleicht, etwas von der giftigen Flüssigkeit entwendet, Nunos Pralinés vergiftet, und Nick Schuler beim nächsten Kaffeetreff die fatale Köstlichkeit anbietet?«

Nino schüttelte entschieden den Kopf. »Diese Frau ist so freundlich, dass einem schwindlig wird! Tatsache ist jedoch, dass sie Schuler oft zum Kaffee eingeladen hat.«

»Eine merkwürdige Sache«, sagte Nore Brand und wischte sich eine Spur Bierschaum von den Lippen.

»Das findest du also auch«, sagte Nino Zoppa erleichtert. »Aber es muss doch eine Lösung geben. Das Gift war nur in Schulers Atelier zu finden, aber die Pralinés, in denen es steckte, kamen ganz eindeutig aus Wolfs Haus. Dumm ist nur, dass der große Alexander Wolf nicht den geringsten Grund hatte, den Künstlerzwerg Nick umzubringen, weil er doch gar nichts von dessen Existenz wusste.«

»Umgekehrt scheint logischer, das stimmt.« Nore Brand wiegte nachdenklich den Kopf. »Aber es scheint eben nur so. Sonst wäre Wolf jetzt tot.« Plötzlich lächelte sie. »Ich glaube, dir fehlt bloß ein wichtiger Hinweis.«

Nino Zoppa schaute perplex.

»Ruf in der Konditorei an und frage, ob und wann Nick Schuler letzthin Pralinés gekauft hat.«

Nino Zoppa schüttelte verständnislos den Kopf. »Nein, Nore, es kann nicht Selbstmord sein!«, protestierte er, »eines weißt du noch gar nicht: Schuler hat für Weihnachten eine Wohnung gebucht, in der Altstadt von Ascona!«

»Ruf jetzt einfach mal an!«, beharrte sie freundlich.

Nino suchte nach seinem Handy und entfernte sich. Während er telefonierte, kritzelte Nore Brand ein paar Zeilen auf die Rückseite eines Bierdeckels.

Kurze Zeit später kam Nino Zoppa zurück. Rasch drehte sie den Deckel um.

»Du hattest recht«, sagte er. »Die Dame am Telefon konnte sich erinnern. Als ich dort war, wusste keiner etwas«, murmelte er verstimmt. »Aber diese Lady hat vor drei Tagen ein Bild von Nick Schuler in einer Gratiszeitung gesehen. Er war vorletzte Woche tatsächlich dort und hat eine Schachtel Pralinés gekauft, eine neue Weihnachtskreation, erklärte sie mir lang und breit.«

»Gut«, sagte Nore Brand. »War er vor oder nach der Vernissage in der Konditorei?«

»Vorher.«

»Also«, sagte Nore Brand und rutschte vom Sessel. »Geh nach Hause und erzähle es Mona. Zusammen findet ihr das heraus. Und falls nicht«, sie steckte den Bierdeckel in seine Jackentasche, »hier drauf steht die Lösung.«

»Mona? Warum Mona?«

Nore Brand lächelte geheimnisvoll. »Weil es sich um eine Art Gesellschaftsspiel handelt, das Frauen besser kennen als Männer. Und dieses Spiel kann tödliche Folgen haben.«

Lösung: 16. Rätsel-Krimi, Bern

Nore Brands Bierdeckel verrät Folgendes:
Nick Schuler wollte Alexander Wolf töten. Er kaufte die teuren Pralinés, vergiftete sie und legte sie während der Vernissage von Wolf auf den Gabentisch. Er wollte den verfressenen Rivalen bei seiner Schwäche packen.
Doch manche Geschenke machen sich auf erstaunliche Reisen: Die vergifteten Pralinés kamen via Fabia und Nuno wieder zurück zu Schuler, denn Nunos Mutter hatte die nette Gewohnheit, ihn zum Kaffee einzuladen. Dieses Mal bot sie ihm als Überraschung zum Advent die feinen, aber leider von ihm selbst vergifteten Pralinés an.

MARCUS RICHMANN: СПАСИ́БО* – MAXIM CHARKOWS SONDERFALL

Am frühen Morgen prasselte Regen auf die Plastikplanen, die der Technische Dienst über der Fundstelle der Leiche gespannt hatte. Als Maxim Charkow den Tatort erreichte, waren die Temperaturen so stark gefallen, dass Schneeflocken von Zürichs grauem Himmel fielen, die, kaum erreichten sie das Kopfsteinpflaster des Uferwegs, sich in Eisbrei verwandelten. Charkow, leitender Ermittler der Abteilung für Kapitalverbrechen, kniete neben der Rechtsmedizinerin Francine Boviard im Gras und betrachtete die blasse Haut der toten Frau, deren nackter Körper vereinzelt von rotgelben Bergahornblättern bedeckt war. Er hatte den Eindruck, die Bäume entlang des Flussufers wollten die Frau vor den neugierigen Blicken der Passanten schützen.

»Schau mal«, sagte Francine und zeigte auf eine sternförmige Ritzung auf dem Oberschenkel der Toten.

»Selbst zugefügt?«, fragte Charkow.

»Könnte sein.«

Er erkannte, dass es sich dabei um den alten Sowjetstern handelte. »Wie alt schätzt du das Mädchen?«

»Noch keine Zwanzig. Ihr Körper weist mehrere prämortale Verletzungen auf. Auch im Genitalbereich.«

»Misshandlung und Zwangsprostitution«, war Charkow sicher. Er betrachtete die klaffende Wunde an der Kehle des jungen Mädchens. »Man hat sie wie Abfall einfach hier in die Uferböschung geworfen.«

* russ.: sspasibo – danke

Francine drehte die Tote auf den Bauch. Sofort fiel ihr das Tattoo über dem Steißbein auf. Sie säuberte die Stelle und versuchte es zu lesen. »Das ist Russisch.«

»Diese Scheißkerle!«

»Was heißt es?«, wollte Francine wissen.

»ßpaßibo … danke auf Russisch.«

»Danke?« Francine brauchte einen Moment, um die Symbolik zu verstehen. »Was für Menschen sind das, die so etwas mit einer Frau machen?«

»Landsleute von mir.« Verbitterung lag in seiner Stimme. »Ich habe auch schon eine Ahnung, wer etwas über unsere Tote wissen könnte.« Er lief hinauf zum Uferweg, wo sein Dienstwagen stand. »Ruf mich an, wenn dir die Leiche mehr verraten hat«, rief er Francine zu, bevor er wegfuhr. Er hatte vor, Piotr Nowikow, dem Besitzer des SM-Nachtclubs *Kalinin*, einen Besuch abzustatten. Von ihm würde er am ehesten etwas über die Tote erfahren, da Nowikow ihm etwas schuldig war.

Charkow lenkte seinen Wagen über die vereisten Zufahrtsstraßen. Anscheinend hatte der Räumungsdienst nicht mit Schnee im Oktober gerechnet und konzentrierte seine reduzierten Kräfte in der Innenstadt. Der Verkehr floss nur zäh. Und als bei einem Kreisverkehr eine Tram mit einem Lieferwagen zusammenstieß, weil sie auf den vereisten Schienen nicht mehr rechtzeitig bremsen konnte, kam er ganz zum Erliegen. Charkow fluchte und ließ seinen Wagen stehen, um zu Fuß weiterzugehen. Es dunkelte schon ein, als er die Tür zum *Kalinin* öffnete. Nowikow unterhielt sich neben der Tanzfläche mit seinem Geschäftspartner Akim Kusmin. Als er Charkow sah, verstummte er und seine Mundwinkel verzogen sich, als ob er etwas Bitteres gegessen hätte.

Ohne Umschweife setzte sich Charkow zu den beiden und legte wortlos sein Smartphone vor ihnen auf den Tisch, auf dessen Display das Foto der Toten zu sehen war. Die beiden Männer betrachteten es gleichgültig.

»Du kennst sie«, sagte Charkow zu Kusmin, der beim Anblick der Toten für den Bruchteil einer Sekunde eine Regung gezeigt hatte.

»Wer soll das sein?«, fragte Kusmin sichtlich bemüht, sich nichts anmerken zu lassen.

»Das wirst du mir jetzt sagen.«

Kusmin zuckte mit den Schultern und sah Nowikow an. Dieser zögerte einen Moment lang, nickte jedoch.

»Also gut. Das ist … war Galina.«

»Und wie weiter?«

»Nichts. Galina. Mehr nicht.«

»Hat sie für euch gearbeitet?«

Nowikow schüttelte den Kopf. »Du weißt doch, dass wir unsere Frauen gut behandeln.«

Charkow wusste, dass Nowikow nicht übertrieb. Er zahlte seinen Frauen regelmäßig Lohn, Sozialleistungen und schickte sie einmal im Jahr zu einer Frauenärztin. »Dann verratet mir, für wen Galina gearbeitet hat.«

Nowikow seufzte. »Alexej Varenko hat dieses arme Ding ausgenutzt.«

»Varenko, der russische Botschaftsattaché?« Charkow war überrascht.

»Genau der. Nach außen ein charmanter und eloquenter Vertreter unseres Landes. Aber innen«, Nowikow schlug mit der Faust gegen die Brust, »sind seine Seele und sein Herz so schwarz wie die Nacht.«

»Weshalb war Galina ein armes Ding?«

Kusmin machte mit seinem Zeigefinger eine drehende Bewegung an seiner rechten Schläfe.

»Was Akim sagen will: Galina hatte oft Wutausbrüche, ihr Körper kam kaum zum Stillstand, sie war in ständiger Bewegung und ihre geistigen Fähigkeiten waren beschränkt.«

»Varenko verdient über einen Strohmann Geld mit dem Straßenstrich«, ergänzte Akim.

Charkow verstand. »Galina war eines seiner Mädchen?«

»Eines von vielen. Mehr wissen wir nicht«, schloss Nowikow.

»Ich danke euch.«

»Sind wir quitt?«, fragte Nowikow.

»Ich sage dir, wann wir quitt sind«, antwortete Charkow, stand auf und verließ den Club *Kalinin*.

Der Schneefall war heftiger geworden und der Verkehr war nun auch im Stadtzentrum zum Erliegen gekommen. Charkow rief die russische Botschaft an und erfuhr, dass Varenko am Abend einen internationalen Anlass in einem der teuersten Hotels der Stadt leiten würde. Er beschloss, seine Assistentin Priska abzuholen und Varenko einen Besuch abzustatten. Auf dem Weg zum Büro rief ihn Francine an und teilte mit, dass Galina an einer seltenen Krankheit litt, die sich Phenylketonurie nannte. Eine erblich bedingte Stoffwechselkrankheit. Ihm sei sicher der verhältnismäßig kleine Kopf aufgefallen. Galinas Mutter könnte daran erkrankt sein und es vererbt haben. Charkow erzählte ihr, was Nowikow über Galinas Psyche gesagt hatte. Francine bestätigte, dass dies weitere Symptome der Krankheit seien.

Anschließend rief er Priska an. »Hast du herausgefunden, wer Galinas Eltern sind?«

»Nein. Hier ist sie als Studentin aus Weißrussland eingetragen. Laut Datenbank war sie eine Waise. Mehrere Pflegefamilien. Wegen Missbrauchs-Verdacht verbrachte sie die letzten Jahre bis zur Volljährigkeit in einem Heim in Minsk, aus dem sie dreimal ausbrach.«

Charkow dankte ihr, legte auf und stellte sich den Rest des Weges vor, welche Hölle Galinas Leben gewesen sein musste.

»Ganz schön gestopfte Gesellschaft«, bemerkte Priska, als sie mit Charkow am späten Abend die Hotellobby betrat. Russinnen in teuren Abendkleidern, mit erlesenstem Schmuck behangen, standen gespielt gelangweilt im Foyer bei Kaviarhäppchen und Champagner. Der Preis für eine Nacht in diesem Hotel entsprach dem Monatslohn seiner Assistentin.

Charkow zeigte in Richtung eines Mannes und forderte Priska auf, ihm zu folgen.

Der Mann, Mitte Fünfzig, grau melierte Schläfen, Smoking, mit scharf geschnitten Gesichtszügen und kalten blauen Augen, stand an der Bar und schien die Situation zu beherrschen.

»Varenko?«, fragte Priska.

Charkow nickte. »Die attraktive Blondine neben ihm ist Anna, seine Ehefrau, und der junge Mann an ihrem Arm ist sein Sohn Boris.«

Varenkos Haltung schien sich schlagartig zu versteifen, als

er sah, wer auf ihn zukam. »Herr Charkow, welch unerwartete Überraschung«, sagte er mit ausdrucksloser Miene.

Ohne Umschweife zeigte Charkow das Bild von Galinas Leiche. »Wir fanden sie heute Nachmittag, draußen vor der Stadt, nackt, mit durchschnittener Kehle. Ich hoffe, Sie haben genug an ihr verdient.«

Varenkos Frau stieß einen leisen Schrei des Entsetzens aus, als sie das Bild sah.

Das Gesicht ihres Mannes blieb undurchschaubar. »Welch ein Verlust«, bemerkte er. »Hören Sie, im Moment kommen Sie sehr ungelegen. Ich muss diese Gesellschaft …«

»Ach, Varenko«, unterbrach Charkow. »So viel Zeit muss sein. Entweder reden wir hier oder wir fahren in unsere Zentrale.«

Varenko zögerte. »Stellen Sie Ihre Fragen. Aber vergessen Sie nicht meine diplomatische Immunität.«

»Die gilt nur für Handlungen in Ausübung Ihrer dienstlichen Tätigkeit. Ich bin sicher, der Frauenstrich gehört nicht dazu.« Charkow ließ seine Worte einige Sekunden wirken. Zu seiner Überraschung lag in dem Blick, den Anna Varenko ihrem Mann zuwarf, mehr Wut als Entsetzen.

»Wie gut kannten Sie Galina?«

»Galina war jung und … wie soll ich sagen … sie war dankbar.« Ein Lächeln huschte über Varenkos Gesicht.

»Ah, ßpaßibo. Ich verstehe. Sie kannten Sie wohl sehr gut.« Charkows Miene verfinsterte sich. »Wir haben Sperma bei ihr sicherstellen können und werten es gerade aus. Es stammt von Ihnen, oder?« Charkow sah, wie seine Gangart Varenko verunsicherte. »Wir könnten natürlich auch jetzt gleich eine Probe …«

Varenko winkte ab. Kleine Schweißperlen bildeten sich auf seiner Stirn.

»Ich werte das mal als ein Ja.« Nun hatte Charkow ein mögliches Motiv. Galina hätte Varenko mit heimlich aufgenommen Sexvideos erpressen können. Wenn die Botschaft davon erfuhr, würde er nicht nur seine Stellung, sondern auch seine lukrativen Nebeneinkünfte verlieren.

»Lassen Sie uns in Ruhe!«, schrie Boris plötzlich.

Mit dieser heftigen Reaktion hatte Charkow nicht gerechnet. Er sah sich Boris genauer an. Die Erkenntnis brach über ihn herein wie eine Lawine. Die gleichen Augen und dieselbe Kopfform wie bei Galina.

»Frau Varenko, Sie kannten Galina ebenfalls, nicht wahr?«

Anna Varenko blickte fahrig zwischen Boris und ihrem Mann hin und her, als ob sie die Antwort auf diese Frage von einem der beiden erhalten würde.

»Phenylketonurie. Sie und ihr Sohn sind ebenfalls daran erkrankt«, fuhr er unbeirrt fort.

Der letzte Rest Farbe wich aus Anna Varenkos Gesicht und ihre Augen starrten auf den Boden unter ihren Füßen.

»Wie kommen Sie auf diesen Unsinn?«, fragte der Botschaftsattaché gereizt.

Charkow spürte die Unsicherheit in Varenkos Stimme. Nicht, weil er etwas verbergen wollte, sondern weil er erkannt hatte, dass seine Frau ihm etwas verschwiegen hatte.

»Frau Varenko, wann haben Sie Ihre Tochter weggegeben?« Charkow wertete ihr Schweigen als Bestätigung, dass er auf der richtigen Spur war. »Hatte Galina durch die Beziehung zu Ihrem Mann herausgefunden, dass Sie Ihre leibliche Mutter sind, und Sie damit erpresst? Haben

Sie Galina deshalb beseitigt? Oder hat dies Ihr Mann für Sie erledigt?«

In diesem Moment begann Anna Varenko zu schwanken. Boris konnte sie noch rechtzeitig stützen. »Sie … warum setzen Sie meiner Mutter so zu? Sie musste schon genug leiden. Warum verbreiten Sie diese Lügen?« Boris hatte Tränen in den Augen. »Meine Mutter … sie könnte das nie. Sie könnte nie … in dieser Kälte am Fluss …« Seine Stimme erstickte.

Alexej Varenko stand wie versteinert da. Charkow war sich sicher, dass Varenko nicht wusste, dass er mit seiner eigenen Tochter Sex gehabt und sie auf den Straßenstrich geschickt hatte. Er brauchte ein Geständnis. Dafür musste er den Druck erhöhen. »Anna hat früher sicher auch für Sie angeschafft. Dann wurde sie schwanger. Eine Mutter mit Kind bedeutet in Ihrem Gewerbe Umsatzverlust. Hat Anna ihr Kind freiwillig weggegeben oder haben Sie Anna gezwungen?«

»Hören Sie auf!«, schrie Varenko.

Plötzlich sprang Boris auf, packte seinen Vater und riss ihn zu Boden. »долбень!* Du bist schuld an diesem Unglück!«

Priska und Charkow griffen sofort ein, als Boris seinen Vater würgte. Die Gäste im Foyer verstummten und warfen sich entsetzte Blicke zu.

»Sind Sie zufrieden, mit dem, was Sie angerichtet haben?« Varenko wischte mit der Hand den Staub von seinem Anzug und richtete seine Fliege. Seine anfängliche Unsicherheit war verflogen und Aggressivität kam zum Vorschein. »Verschwinden Sie jetzt! Auf der Stelle!«

Charkow ließ sich nicht aus der Ruhe bringen, sondern beobachtete die drei. Anna und Alexej Varenko hatten beide

* [dolben'] : Idiot

ein Motiv. Dann hatte er die zweite, entscheidende Erkenntnis an diesem Abend. »Boris Varenko, ich verhafte Sie wegen des Mordes an Ihrer Schwester Galina Varenko.«

Warum ist Boris Varenko der Täter?

Lösung: 17. Rätsel-Krimi, Zürich

Charkow hat nicht erwähnt, dass sie die Leiche von Galina am Fluss gefunden hatten.
Motiv: Boris Varenko hatte Galina mit seinem Vater gesehen und wollte seine Mutter vor dieser Demütigung schützen. Er hatte keine Ahnung, dass er seine eigene Schwester umbringen würde.

DANIEL BADRAUN
UINA

Ein unfreundlicher Morgen, es ist kühl, draußen rauscht der Inn, jedes Mal, wenn ich mich im Zelt umdrehe, fallen Tautropfen auf meinen feuchten Schlafsack, der eigentlich für wärmere Klimazonen gedacht war. Ich öffne den Reißverschluss des billigen Zeltes. Nebelschwaden hängen in den Bäumen. Wenig später brodelt das Teewasser auf dem Gaskocher. Mein Blick fällt auf die nassen Wanderschuhe, die vorm Zelt stehen. Am liebsten würde ich mich irgendwo verkriechen.

»Kennst du das Tal bei Sur En da Sent, die Val d'Uina?«, fragte mich Reto Müller gestern und schaute mich neugierig an.

»Nicht wirklich. Spielt das eine Rolle?«

Müller tat so, als würde er nachdenken, er strich sich über seine spärlichen aber gut eingeölten Haare, prüfte sein Schwänzchen am Hinterkopf und schüttelte dann den Kopf. »Nein. Die Tour ist unproblematisch, die Gruppe besteht aus einem deutschen Ehepaar, einem Italiener und einer Frau aus Zürich. Schaffst du das?«

»Natürlich!«

»Gut. Du triffst die Leute morgen um acht bei der alten Holzbrücke!« Er schob mir einen Briefumschlag zu. Dann noch eine miserable Kopie aus einem Wanderbuch. »Die Zürcherin interessiert mich besonders!«

Die Zusammenarbeit zwischen Reto Müller und mir funktioniert nicht schlecht, Müller besorgt mir wanderlustige

Zeitgenossen, die etwas Spezielles suchen, ich führe diese einen Tag lang durch die Seitentäler des Engadins, erzähle unterwegs Geschichten, so kommen in den Sommermonaten einige Tausender zusammen, ohne dass ich wirklich das Gefühl von Arbeit habe. Müller ist interessiert an den persönlichen Lebensumständen meiner Wandergenossen, für besonders pikante Geschichten gibt es jeweils einen Extrabonus.

Das Duschen überspringe ich, schlüpfe gleich in meine Wanderkleider und in die feuchten Schuhe. Um acht bin ich bei der alten Holzbrücke. Meine Wandergenossen stehen unter dem Dach und schauen in den nebligen Morgen.

»Das ist nicht das beste Wanderwetter!«, erklärt der Mann mit dem Seppelhut.

»Keine Angst, das gibt sich«, sage ich und stopfe die Regenjacke demonstrativ in den Rucksack. Dann mache ich die Runde. »Mein Name ist Claudio Mettler, ich denke, wir werden zusammen einen guten Tag haben!«

»Signor' Mettler, sind diese Schuhe gut für die Wanderung?« Luca Sardo, ein bärtiger Riese, zeigt mir seine Bergschuhe, die gestern wohl noch als Sonderangebot in irgendeinem Sportgeschäft am Trockenen standen.

»Perfetto!« Ich lächle aufmunternd, der gute Luca wird gegen Abend vor lauter Blasen kaum mehr gehen können. »Hier in den Bergen duzen wir uns. Einverstanden?«

Lena Reiffer, die Dame aus Zürich, setzt eine Mütze auf, die perfekt zu ihrem Outfit passt. »Wollen wir?«

Bevor ich etwas sagen kann, setzen sich meine Leute in Bewegung. Vera und Kurt Strinzl aus dem Schwarzwald kontrollieren mit furchterregend hin und her schwingenden Wanderstöcken die Spitze der Gruppe.

Die Fahrstraße steigt steil an, das Tal verengt sich, wir wandern hoch über dem in der Schlucht schäumenden Bach eine steile Bergflanke entlang. Die Höhe und das teilweise morsche Geländer treiben mich vom Abhang weg. Nur nichts anmerken lassen, Mettler, ein nicht ganz schwindelfreier Wanderleiter ist das letzte, wofür Leute Geld ausgeben wollen. Doch niemand bemerkt etwas, die beiden Schwaben sind mit ihrem Atem beschäftigt, den Italiener drücken bereits die Schuhe und die Reiffer erzählt von ihrem ersten Ehemann, der ein ziemlich übler Bursche gewesen sein muss.

»Es gibt wirklich sehr engstirnige Bauern!« Strinzl erzählt laut Geschichten über Kühe, die Wanderer auf offener Weide angegriffen haben. Seine Frau lässt den Redeschwall des selbst ernannten Experten still und bleich über sich ergehen. »Wenn da was passiert, musst du so ein Tier aus dem Verkehr ziehen!«

»Ma non e possibile!«, ruft der Italiener. »Das ist doch nicht möglich!«

»Doch«, mischt sich die Reiffer ein, »das habe ich auch schon gehört.«

Nun erklärt Luca, welche Teile der Kälber und Rinder wie zubereitet werden sollten. Kurt lässt sich durch diesen kulinarischen Ausflug nicht aus dem Konzept bringen. Nachdem wir unfreiwillig erfahren haben, unter welchen Umständen Mutterkühe ihre Kälber verteidigen, warum schlecht erzogene Hunde immer ein Risiko darstellen und wie Kurt Strinzl einen Hund erziehen würde, verschärfe ich das Tempo, bis ihm die Puste ausgeht.

Endlich weitet sich das Tal, der Bach umfließt große Steine, rechts tiefgrüne Weiden. Zwischen hohen Gipfeln liegt etwas oberhalb am Hang die erste Alp. Dann tauchen wir ein in einen Lärchenwald. Bei einer Jägerhütte setzen wir uns auf eine Bank, Luca verteilt Dörrfrüchte und Vollkornbiskuits. Dabei bekommt Lena ein besonderes Lächeln geschenkt, was mich wütend macht, denn für allein reisende Damen bin normalerweise ich zuständig.

Kurt Strinzl wühlt in seinem Rucksack, abwechselnd tauchen Handschuhe, eine Trinkflasche, ein Kuhhorn, ein Fernglas, Speck und schließlich ein ziemlich großes Messer auf. Dann zieht er eine neue Wanderkarte aus seinem Rucksack und fragt mir Löcher über die Route in den Bauch. Mir scheint, Kurt weiß weit mehr über das Tal, als ich auf Müllers Kopie gelesen habe.

»Kommt, auf geht's«, unterbreche ich das Gespräch. Das Tal steigt weiter an. Der Weg führt über Geröll, saftige Wiesen, dann kommt wieder ein Waldstück. Unter dem einen oder anderen Vorwand bleiben meine Begleiter immer mal wieder stehen. Vera Strinzl will einen Hasen gesehen haben, die Zürcherin Reiffer sucht zuunterst in ihrem Rucksack nach einem Taschentuch und Luca Sardo muss ganz dringend seine Schuhe neu schnüren. So vergeht die Zeit. Nach zwei Stunden erreichen wir den Zaun der äußeren Alp.

»Hör mal, Mettler«, sagt Vera Strinzl, als ich das Tor an der Straße öffne, »da oben hat es doch nicht etwa Kühe?«

»Die sind ganz friedlich«, erkläre ich, »keine Mutterkühe, nur grasende Milchkühe.«

Bis zur Alp geht Vera nah neben mir her, so als ob nur ich sie beschützen kann.

Ein stattliches Haus, diese Alp Uina Dadaint. Beim Eingang eine Tafel. Bergkäse, Quarkkuchen, Alpenrosensirup. Wir beschließen, beim Rückweg hier einzukehren.

Der Weg führt zwischen Haus und Stall hindurch. Hinter der Weide steigt er steil an. Rechts oben erscheint eine senkrechte Felswand, darin ein dunkler Strich, dies ist unser Weg durch die Quar-Schlucht.

»Ein einzigartiges Erlebnis muss das sein«, doziert Strinzl, »vor über hundert Jahren wurde der Weg in den Fels gesprengt, früher waren hier oft Schmuggler anzutreffen, die ins Südtirol wollten, heute sind es Wanderer und Mountainbiker.«

Ich bin nicht schwindelfrei, wenn ich im dritten Stock am Fenster stehe, bekomme ich Schweißausbrüche. In steilen Serpentinen führt der Weg hinauf zur Wand, immer wieder rutsche ich aus. Wenn ich mir vorstelle, dass uns ein Mountainbiker mit seinem Rad entgegenkommen könnte, läuft es mir kalt den Rücken hinab. Endlich erreichen wir den Eingang des Schluchtweges: ein dunkles Loch. Schwer atmend lehne ich mich an den Fels, ich bin am Ende.

Strinzl übernimmt das Kommando, dankbar lasse ich ihn gewähren. »Hört zu. Der Weg vor uns ist etwa einen Meter breit. An der Wand entlang führt ein Stahlseil, daran kann man sich festhalten. Außerdem gibt es an manchen Stellen ein Geländer. Die Quar-Schlucht ist also objektiv gesehen sicher. Ich gehe mit Vera voraus!« Er schaut mich herausfordernd an. »Falls Claudio einverstanden ist!«

Am liebsten würde ich umkehren. Aber das geht natürlich nicht, schließlich habe ich die Verantwortung. Außerdem bin ich auf das Geld angewiesen! So gehen die beiden Strinzls voraus, dann kommen der Italiener und die Zürcherin, ich bilde den Schluss.

Erst führt der Schluchtweg durch einen kaum zwei Meter hohen Tunell, langsam taste ich mich hindurch. Dann Tageslicht, vor mir der Weg, von einem Verrückten in die senkrechte Wand gehackt.

»Wie fühlst du dich?«, fragt Strinzl seine Vera.

»Gut!« Sie fasst nach dem Drahtseil.

»Schau doch mal nach unten!«

»Sicher nicht«, sagt sie entschieden und geht vorsichtig hinter ihm her.

»Andiamo?«, fragt Luca Sardo Lena Reiffer, die auf einen Felsvorsprung tritt und ins Tal hinunterschaut.

Tief durchatmen, die linke Hand umfasst das Drahtseil an der Felswand. Vorsichtig mache ich die ersten Schritte. Schon bin ich weit zurück und meiner Angst ausgeliefert. Ich beginne mit mir zu sprechen, beschreibe die Bodenbeschaffenheit und die Dicke des Stahlseils, erwähne auch, dass es an manchen Stellen ausgefranst ist und man sich verletzen kann. Auch sehe ich die beiden Deutschen ein gutes Stück vor mir, während die Zürcherin lachend hinter dem Italiener herschlendert, als sei sie in der Stadt unterwegs.

Pausenlos sprechend komme ich bis zum zweiten Tunnel. Die anderen sind nicht mehr zu sehen, ich bleibe stehen und wische mir den Schweiß von der Stirn. Plötzlich zerreißt ein gellender Schrei die Stille, er wird von der gegenüberliegenden Felswand zurückgeworfen und explodiert in meinem Trommelfell.

Eilig stolpere ich durch den Tunnel, stoße auf Luca und Lena, die eng umschlungen in einer Nische stehen, zwänge mich an ihnen vorbei und komme zum Ausgang. Hier halte ich mich fest und schaue in die Tiefe. Weit unten liegt Vera auf einer Felsplatte, es sieht übel aus.

Strinzl steht etwa 50 Meter entfernt.

Langsam gehe ich zu ihm hinüber. Der Weg ist hier sehr schmal, das Stahlseil würde ich niemals freiwillig loslassen. Nun komme ich zu einer Stelle, die nicht einfach zu begehen ist, eine schmale Brücke, weit unter mir rauscht der Fluss, da liegt auch Vera. Hier muss es passiert sein. Ich atme tief durch. Die Angst ist kaum auszuhalten. Wenn nun die Brücke einbrechen würde? Oder das Drahtseil reißen? Doch herrscht hier – objektiv gesehen – Absturzgefahr?

Fest verankerte Haken, das Stahlseil leicht ausgefranst, da hängen einige schwarze Fäden, daneben ein weißer Strich am Fels.

»Vera war eine gute Berggängerin«, sagt Strinzl, als ich endlich bei ihm bin. »Daher habe ich mich auf den Weg konzentriert. Sie war immer hinter mir. Plötzlich dieser Schrei, sie war nicht mehr da! Ich bin zurückgegangen, da sah ich sie unten in der Schlucht liegen, es ist grauenhaft!«

Vorsichtig verlassen wir die Schlucht, ich will nicht auch noch abstürzen. Endlich erreichen wir die Alpweide. Luca versucht, Lena Reiffer zu beruhigen, Kurt Strinzl lässt sich neben mir ins Gras sinken.

»Was jetzt, Claudio?«

»Jetzt warten wir, bis der Hubschrauber der Polizei hier ist! Dann werde ich erzählen, warum Vera wirklich abgestürzt ist.«

Was ist in der Schlucht passiert?

Lösung: 18. Rätsel-Krimi, Engadin

Vera war ängstlich, sie hätte das Stahlseil niemals losgelassen. Der weiße Strich weist darauf hin, dass Kurt hier das Kuhhorn festgeklemmt hatte. Die Fäden am Drahtseil beweisen, dass Vera bis zu diesem Zeitpunkt das Seil festhielt und nie ohne äußere Einwirkung abgestürzt wäre. Das Kuhhorn hat sie aber so erschreckt, dass sie losließ und stürzte.

MANFRED BAUMANN

MERANA UND DER TOTE KLINGONE

Merana liebte den Geruch von Kirschen. Aber nicht, wenn er ihm als Aroma einer penetranten Schnapsfahne entgegenwehte. Und das aus dem Mund eines Rheinländers, dessen schweißnassen kahlen Schädel eine schief aufgesetzte Plastikkrone zierte. Und der zum wiederholten Male, keine zehn Zentimeter vor Meranas Gesicht, lallte: »Sssie müssen mir glauben, ich war es nicht! Fragen Sssie die Japsssen, die können das besseugen!« Die ausholende Bewegung, mit der er auf die kleine Gruppe der Japaner deutete, hätte ihn fast das Gleichgewicht gekostet.

Kommissar Martin Merana atmete tief durch und überließ den Besoffenen seinem Kollegen Otmar Braunberger, der den torkelnden Mann am Arm packte und auf einen Stuhl bugsierte. Daneben saß eine übergewichtige Rothaarige, der pausenlos die Tränen über die schminkeverschmierten Wangen tropften, während sie zitternd an den rosafarbenen Hasenohren auf ihrem Schoß herumdrückte, die offenbar zu ihrem Kostüm gehörten.

Merana war kein Karnevalfreund. Pappnasen und Verkleidungen waren nicht das seine. Und schon gar nicht mitten im Sommer. Er fand durchaus Gefallen an Menschen in Kostümen. Aber auf der Bühne des Festspielhauses und nicht im Speisesaal einer in die Jahre gekommenen Mittelklassepension am Stadtrand von Salzburg.

Merana blickte in die Runde.

Die vier Japaner, zwei Männer und zwei Frauen, hatten

ihre Kostüme abgelegt. Nur im aufgetürmten Haar der jüngeren Frau, die sich ängstlich an die ältere klammerte, schaukelte noch ein grün-gelber Schmetterling.

Es war schon ein Haufen merkwürdiger Gestalten, der den Kommissar da anstarrte.

Zwei hoch aufgeschossene Männer im Mozartkostüm, ein dicker Endfünfziger mit Batmanumhang, drei Frauen in Toga, die aussahen wie zu griechischen Göttinnen aufgemöbelte biedere Hausfrauen, daneben eine Art Förster in Lederhose, ein Kartenspieler mit einem Karo-Buben auf dem T-Shirt, ein venezianischer Gondoliere mit Strohhut, ein Vampir mit verrutschten Zähnen. Und draußen im Garten lag ein toter Zuckerbäcker aus Ohio, verkleidet als Klingone, mit eingeschlagenem Schädel.

Merana sah auf die Uhr. Drei Stunden nach Mitternacht. In acht Stunden wollte er im Festspielhaus sitzen, bei der Matinee der Wiener Philharmoniker. Das konnte er vergessen. Genauso wie am Abend ›Pique Dame‹. Er hatte sich so auf die Tschaikowsky-Oper gefreut. Stattdessen musste er nun einen Mörder überführen. Und das würde schwierig werden, wenn er die Versammlung betrachtete. Neben fünf Hotelangestellten drängten sich 34 Gäste im Speisesaal der Pension ›Idomeneo‹.

Italiener, Japaner, Amerikaner, Deutsche, Franzosen, Slowaken. Die meisten von ihnen waren heute früh angekommen, hatten sich dann durch die Salzburger Altstadt schleppen lassen: Mirabellgarten, Getreidegasse, Mozarts Geburtshaus, Dom, Festung, dann Mittagessen, danach hinaus nach Hellbrunn, Blitzbesuch der Wasserspiele, und dazwischen noch ein paar Stationen der ›Sound of Music Tour‹. Ein Monsterprogramm. Merana konnte verstehen, dass man dabei aggressiv wurde. Doch dann hätte man besser dem Wichtigtuer von

Tourmanager, der als zerrupfter Papageno in seinem Sessel lümmelte, eine auf die Rübe gegeben, und nicht dem Zuckerbäcker aus Ohio. Doch der hatte sich offenbar noch unbeliebter gemacht. Er war erst in Hellbrunn zur Gruppe gestoßen, hatte die Männer mit seiner gellend lauten Heiterkeit und dem pausenlosen Schulterklopfen genervt. Bei der Annäherung an die weiblichen Mitglieder der Gruppe war es nicht beim Schulterklopfen geblieben. Und während der Kostümparty, die von der Hotelleitung am Abend als ›Harmonisches Come Together‹ gedacht war, wurde es noch ärger. Kaum einer, mit dem sich Herman Woodchuck, der pensionierte Konditor und Star-Trek-Fan aus Dayton in Ohio, nicht angelegt hatte. Je mehr Champagner, Bier und Kirschschnaps an den Tischen geleert wurde, desto aufgekratzter war die Stimmung.

Wahrscheinlich war es während des Feuerwerkes passiert. Die Gäste waren, ausgenommen die Japaner, schon alle sehr betrunken. Sie hatten vom Garten aus die krachenden Lichterfontänen über der Festung bestaunt. Gefunden wurde der Amerikaner gleich nach Ende des Feuerwerkes von einem bayerischen Softwareprogrammierer im Försterlook, der sich mit einer italienischen Krankenschwester im Cancan-Kostüm in den Gartenpavillon verdrückte. Die beiden hatten sich auf dem Bretterboden des geräumigen Holzhäuschens halbwegs der störenden Textilien entledigt, um der gemeinsamen Völkerverständigung zu frönen, als ihnen ein seltsames Stöhnen klarmachte, dass sie nicht allein waren. Der Bayer machte Licht und erschrak. Die schwarzhaarige Dame aus Verona blieb gefasst. Eine italienische Krankenschwester konnte offenbar nichts erschüttern, auch nicht ein röchelnder Klingone auf dem Boden eines Salzburger Gartenpavillons. Sie hatte den bayerischen Förster mit heruntergelassener Lederhose weggeschickt, um Hilfe zu holen, und hatte sich um den Sterbenden gekümmert. Doch die Herbeigerufenen waren zu spät gekommen. Bei deren Eintreffen war Hermann Woodchuck bereits tot.

Eine Stunde später war Merana mit seiner Truppe zur Stelle. Nach den ersten raschen Ermittlungen stellte sich die Lage so dar: Jemand hatte dem Klingonen im Pavillon offenbar eine gegen die Nase geknallt. Der Knochen war gebrochen und die Haut aufgerissen. Der Amerikaner war nach hinten gefallen und mit dem Schädel gegen einen der Metallgartensessel gekracht, die hier gestapelt waren.

Der verblichene Herman Woodchuck konnte der Italienerin noch etwas ins Ohr flüstern. Bei der Einvernahme hörte sich das aus ihrem rubinrot geschminkten Mund an wie »Dschägg«. Mehr hatte der Zuckerbäcker aus Ohio den Lebenden als letzte Botschaft nicht zurückgelassen. Nur »Dschägg«. Das konnte viel heißen. Vielleicht »Check«, wie Rechnung oder Prüfung. Oder »Jack«, der männliche Vorname. Doch sie hatten keinen Jack in der Runde der 39 Versammelten. Allenfalls einen Jaques. Und der hieß eigentlich Willi, also Wilhelm Kellermann, Bankfilialleiter aus Trier, der mit zweitem Vornamen nach seinem französischen Großvater Jaques benannt worden war. Wilhelm Jaques Kellermann. Das war der Kirschgeistaroma verströmende Rheinland-Pfälzer mit der schiefen Plastikkrone. Der gab zwar zu, dem streitsüchtigen Herren aus Ohio am Abend einmal kurz an dessen gefurchte Klingonenstirn geklopft zu haben, weil der Amerikaner Kellermanns breithüftiger Gattin Babette an die von der griechischen Göttinnen-Wäsche kaum verhüllte Brust gefasst hatte. Aber im Pavillon war er dem Zuckerbäcker nicht begegnet. »Fragen Sie die Japssen, die können das besseugen.« Das mussten sie noch machen. Sie warteten nur noch auf den japanischen Dolmetscher. Und auf den französischen, den italienischen und den slowakischen.

Wieder schaute Merana auf die schweigende Versammlung. Wer von ihnen hatte den aggressiven Amerikaner zu einer schlagkräftigen Aussprache in den Pavillon geladen? Mord war wohl nicht geplant gewesen. Aber ein Unfall mit tödlichem Ausgang reichte auch, um aus Angst abzuhauen. Wer war es?

Einer der beiden Mozarte, die in Wirklichkeit zwei Tankstellenbesitzer aus Reims waren? Oder der dicke Batman, ein Geografielehrer aus Bratislava? Hieß jemand in der Runde doch Jack, und er wusste es noch nicht? Oder kam für den knallharten Nasenstüber auch eine Frau infrage? Die stattliche Französin im Häsinnenkostüm vielleicht? Ihre Oberarme erinnerten Merana an die einer Diskuswerferin.

Der Kommissar seufzte. Sein Team würde weitermachen: Vernehmungen mit Dolmetscherhilfe, Aussagen vergleichen, Spuren sichern, DNA-Proben nehmen, das ganze Programm.

Er würde sich im Laufe des Tages wieder einschalten. Wem überlasse ich nur meine ›Pique Dame‹-Opernkarte?, dachte Merana und wandte sich zum Gehen.

Im selben Moment blieb er stehen, als wäre er gegen eine Mauer geprallt. Aber klar! Der Tote war Amerikaner! Merana drehte sich um, starrte für zwei Sekunden auf die bunt zusammengewürfelte Schar. Dann ging er langsam auf den jungen Mann zu, dessen T-Shirt eine Spielkarte zierte, ein großer Karobube. Auf der Wange prangten, schon etwas verwischt, vier Asse.

»Verstehen Sie Deutsch?«, fragte Merana.

Der junge Mann nickte. In seinen Augen flackerte wachsende Furcht. Er hielt krampfhaft die Hand einer jungen Frau im hellen Blumenkleid.

»Ich weiß nicht genau, wie es abgelaufen ist. Und ich denke auch, dass Sie den Mann nicht töten wollten. Aber ich bin ziemlich sicher, dass Sie es waren.«

Als Merana sah, wie die Furcht in den Augen des jungen Mannes anschwoll wie eine schwarze Lawine, wusste er, dass er recht hatte.

Es sind die Spielkarten, die Kommissar Merana auf die Lösung bringen. Vielleicht hat ihm auch die ›Pique Dame‹ geholfen, an die er im Zusammenhang mit der Oper dachte. Jedenfalls erinnerte er sich in diesem Augenblick daran, dass der ›Bube‹ im Englischen ›Jack‹ heißt. Und somit bekommt die letzte Botschaft des Opfers plötzlich einen eindeutigen Sinn. Der Kartenspieler mit dem Karo-Buben auf dem T-Shirt hat den Klingonen umgebracht.

20. Rätsel-Krimi, Lendnitz (Kärnten)

DOROTHEA BÖHME
WER DEMOLIERTE DAS LÄRCHENSTÜBERL?

Missmutig starrte Fritz Reichel von der Polizei Lendnitz auf das Dokument vor sich. Es bestätigte mit offiziellem Stempel seine Beförderung zum Chefinspektor. Für seinen heldenhaften Einsatz bei der Aufklärung einer Mordserie im Touristikgroßraum Wörthersee würde man eine Ausnahme bezüglich des Beförderungsgesetzes machen.

Heldenhafter Einsatz, das hatte er befürchtet. Würde so etwas weiterhin von ihm verlangt werden? Reichel rutschte auf seinem Stuhl hin und her und zerrte am Hemdkragen. Heute war es aber auch heiß! Er faltete das Dokument zusammen und steckte es in die unterste Schreibtischschublade. Vielleicht würde es ja niemand erfahren.

Ruckartig wurde die Tür zu Reichels Dienstzimmer aufgerissen und sein Assistent Huber stürzte herein. »Herr Chefinspektor!«, keuchte der junge Mann.

Reichel schloss die Augen. »Wie haben Sie das schon wieder erfahren?«, fragte er, während er sich die Schläfen massierte.

»Vandalen, Herr Chefinspektor! Vandalen in Lendnitz!« Mit hochroten Wangen trat Huber von einem Fuß auf den anderen.

Auch das noch. Reichel stöhnte. Jetzt kam wohl der heldenhafte Einsatz zum Zug.

»Unbekannte drangen heute Nacht ins Lärchenstübерl ein und demolierten die Inneneinrichtung.«

»Was?« Reichel fuhr auf.

»Die Polster der Bänke wurden zerschlitzt und aufgerissen,

Sessel zerschlagen, Bilder von den Wänden gerissen, Gläser und Flaschen aus den Regalen geworfen. Die Wirtin Maria Eder hat sich gerade gemeldet, sie hat den Schaden bemerkt, als sie die Gaststube aufschloss.«

Das Lärchenstüberl zerstört! Wo bekam er denn jetzt sein wohlverdientes Feierabendbier? Bei dem Gedanken wurde Reichel ganz anders. Er griff seinen Mantel und stapfte nach draußen.

»Die kriegen wir, Huber«, sagte er grimmig. Heldenhafter Einsatz, der Polizeipräsident würde sich noch wundern. Leichen, gut und schön, aber seine Stammkneipe!

Das Lärchenstüberl lag auf halber Strecke zwischen Präsidium und der Marienkirche im Zentrum von Lendnitz.

»Die Wirtin nannte zwei Verdächtige«, informierte Huber ihn während der kurzen Fahrt. »Robert Jaritz und Michael Riedl, zwei junge Burschen, mit denen es schon öfter Probleme gab.«

Reichel meinte, sich dunkel an die beiden Streithähne erinnern zu können, die einige Wochen zuvor seinen Feierabendtrunk unterbrochen hatten. Um was war es da noch einmal gegangen? Um Hilfe bei Renovierungsarbeiten?

Als sie in die Kirchstraße einbogen, stand Maria Eder schon vor dem Lärchenstüberl. Ein Streifenwagen kam von der anderen Richtung und hielt direkt hinter ihr.

»Gott sei Dank, seid's endlich do!«, rief die Wirtin Reichel entgegen. Sie trug ein kurzes Dirndl in Knallfarben, dazu Bergstiefel und rote Socken, die sich furchtbar mit dem Pink der Dirndl-Schürze bissen. »Des is a Katastrophn!«

Die Tür zum Schankraum stand offen, dahinter herrschte das Chaos. Reichel verzog den Mund. Hier würde er so schnell kein Feierabendbier mehr genießen können.

»Kummt's mit, hinten hom se a Scheiben eingschlogn.«

Sie umrundeten das Lärchenstüberl, hinter dem sich ein Maisfeld befand.

»Schaut's, do muss er herkumman sein.« Maria deutete auf die Fußspur, die vom Feld aus bis zum rückwärtigen Fenster der Gaststätte führte. Die Scheibe war eingeschlagen, Reichel beugte sich vor und konnte einen großen Stein inmitten von Glassplittern am Boden der Gaststube sehen. Wie konnte man das Reichel antun? Das Lärchenstüberl, einer der wenigen Lichtblicke seiner Diensttage.

Reichel trat zurück. Die Erde unter dem Fenster war komplett aufgewühlt.

»Der Täter scheint beim Einbrechen Schwierigkeiten gehabt zu haben. Vielleicht ist er heruntergefallen«, mutmaßte Reichel. Das würde den breiten Abdruck wie von einem Sack erklären, der sich inmitten der Fußspuren befand.

Maria strich ihre Dirndl-Schürze glatt. »Guat, dass di auskennst«, lobte sie.

»Vielleicht hat er sich dabei sogar verletzt!« Hubers Augen leuchteten. »Dann verrät er sich selbst.«

»Nun mal langsam, Huber.« Wenn er so weitermachte, würde Huber sich irgendwann bei einem wichtigen Fall verrennen. Enthusiasmus gut und schön, aber man sollte doch bei den Tatsachen bleiben.

Reichel stapfte zurück zum Eingang und betrat den Tatort. Durch die geöffnete Tür war der Raum heller als gewöhnlich, man konnte die dicke Staubschicht auf den gelben Lampen deutlich erkennen. Die Lampen waren auch die einzigen Gegenstände, die den Einbruch unbeschadet überstanden hatten. Tische und Sessel waren umgeworfen worden, die Füllungen ragten aus der Polsterung der Bänke hervor, der Boden war mit Glassplittern und klebriger Flüssigkeit bedeckt.

»I wollt nur nochschaun, ob wos in da Kassa falt«, erklärte Maria. »Geld is noch do.«

Bevor Reichel etwas antworten konnte, kam ein Streifenwagen angefahren.

»Chef, wir haben die beiden Verdächtigen am Kirchplatz aufgegriffen«, sagte einer der beiden Streifenbeamten.

»Mir hom damit nix zum tuan!«, rief es da auch schon von draußen. »I net, und der Michi a net.« Der Streifenbeamte schubste die beiden Burschen vorwärts, Huber kritzelte schon wild in seinem Notizbuch herum. Der Sprecher, Robert offenbar, ein blasser Kerl mit dunklen Haaren, trat vorsichtig auf. Huber zog demonstrativ die Augenbrauen hoch.

»Sigst, humpeln tuast a.« Maria verschränkte die Arme vor der Brust. »Du werst mei Goststättn jetzan in Ruh lossn.«

»Du olte Tschurtschn, wos host den Kieberern fir an Bledsinn erzöhlt?« Michael drückte die schmächtige Brust raus und trat vor. Sein Freund hinter ihm versuchte sich ebenfalls größer zu machen, als er war.

»Keine Streiterei!«, ging Huber dazwischen. »Ihr benehmt euch jetzt!«

Reichel trat einen Schritt zurück, schürzte die Lippen und ergänzte: »Vor allem, weil ich ohnehin weiß, wer im Lärchenstüberl so gewütet hat.« Er wandte sich an Maria Eder. »Was zahlt denn die Versicherung bei so einem Fall von Vandalismus? Ich nehme an, das war der Grund, weshalb Sie selbst Ihre Gaststätte so verwüstet haben?«

Was war Reichel aufgefallen?

Lösung: 20. Rätsel-Krimi, Lendnitz (Kärnten)

Die Fußspuren führten nur vom Maisfeld ins Lärchenstüberl hinein, nicht aber wieder zurück. Da erwähnt wurde, dass Maria Eder den Schaden entdeckte, als sie aufschloss, kann also auch niemand (ohne Schlüssel) durch eine offene Tür entkommen sein.

CLAUDIA ROSSBACHER

DRUM LÜGE, WER SICH EWIG BINDET

Die Nacht war jung. Noch jünger war nur das Glück, das dem Brautpaar nicht lange hold gewesen war. Er lag tot auf der Tanzfläche. Sie heulte in ihrer Hochzeitssuite. Und niemand wollte gesehen haben, wer dem frisch Angetrauten das Messer beim letzten Tanz mit der Trauzeugin in den Rücken gerammt hatte.

Abteilungsinspektorin Sandra Mohr vom LKA Steiermark wähnte sich auf einem Schlachtfeld, als sie den festlich geschmückten Saal des Viersterne-Panoramahotels im südsteirischen Sausal betrat.

»Prost, Mahlzeit«, kommentierte Chefinspektor Sascha Bergmann an ihrer Seite das Chaos im Raum. Schmutziges Besteck, Glas- und Tellerscherben waren auf der u-förmigen Festtafel und auf dem Parkettboden verteilt, garniert mit allerlei unappetitlichen Flecken und Tortenresten. Einige Stühle waren umgekippt, und mitten im Raum lag die Leiche in einer Blutlache von beachtlichem Ausmaß. Da und dort ließ sich Erbrochenes ausmachen. In diesem Tohuwabohu beneidete Sandra die Tatortgruppe nicht um ihre schwierige bis aussichtslose Aufgabe, tatrelevante Spuren zu sichern. Hier war offenbar eine ganze Horde durch den Saal getrampelt.

Der Wein sei in Strömen geflossen, berichtete der Polizist, der sich als Revierinspektor Stiegl aus dem nahen Kitzeck vorstellte. Er und seine Kollegin namens Beck hatten sich als Erste einen Überblick verschafft und die Gäste auf ihre Zimmer geschickt, damit sie dort auf die Einvernahme warteten. »Von den Zeugen war kaum einer nüchtern, als wir hier eintrafen, höchstens das Personal. Auch die Braut wirkte ziemlich betrunken«, erklärte Stiegl weiter. Wer sollte sich besser mit alkoholbedingten Verhaltensauffälligkeiten auskennen als er? Immerhin verbrachte er in der wahrscheinlich schönsten Weinregion des Landes die meiste Dienstzeit damit, betrunkene Autofahrer aus dem Verkehr zu ziehen. Sein nächster Satz ließ Sandra aufhorchen. »Die Kollegen haben alle Ausgänge gesichert. Niemand hat das Haus seit dem Tatzeitpunkt kurz vor 20 Uhr verlassen. Sowohl die Hochzeitsgesellschaft, als auch die Musiker und das Personal sind vollzählig vor Ort«, verkündete er stolz. Beck überreichte dem Chefinspektor die Gästeliste, die sie von der Hotelchefin um die Namen der restlichen Anwesenden hatte ergänzen lassen.

Bergmann gab sie direkt an Sandra weiter. »Der Täter muss sich also noch hier im Haus befinden.«

Sandra stellte fest, dass die Liste nicht nur alle Namen der aus Graz angereisten Hochzeitsgesellschaft preisgab, sondern auch, wer sich warum hier befand, und wo er oder sie auf die LKA-Ermittler warten sollte.

»Das Messer ist neben der Wirbelsäule eingedrungen und von unten nach oben geführt worden«, meldete sich der Gerichtsmediziner zu Wort und zeigte Sandra den Plastikbeutel mit der Tatwaffe. »Die Klinge hat zuerst die Lunge, danach das Herz verletzt, vermutlich auch die Aorta, mit tödlichen Auswirkungen. Aber warten wir die Obduktion ab.«

»Der junge Mann hatte demnach keine Chance«, murmelte Sandra. »Sieht mir nach einem Tortenmesser aus.« Sie gab die Asservate zurück.

»Wird in der Küche ein solches Messer vermisst?«, fragte Bergmann.

Stiegl zuckte mit den Schultern.

»Dann fragen Sie nach«, ordnete der Chefinspektor an. »Wir beginnen mit der Trauzeugin«, wandte er sich an Sandra. »Sie war zum Tatzeitpunkt am nächsten am Opfer dran.«

»Da kam auf einmal so ein merkwürdiges Gurgeln aus Toms Mund, während wir getanzt haben«, sagte die Trauzeugin der Braut unter Tränen aus. »Seinen Blick werde ich nie vergessen … total überrascht. Dann ist der Blutschwall aus seinem Mund gespritzt. In diesem Moment haben wir beide begriffen, dass etwas Schlimmes passiert ist.«

Sandras Blick fiel auf Lenas voluminöses rosafarbenes Kleid auf dem Boden, das Blutflecken aufwies. Die langen Satinhandschuhe daneben waren mehr rot als rosa. »Unsere Kriminaltechniker werden später Ihre Kleidung abholen«, sagte sie.

»Von mir aus. Ich ziehe dieses Kleid ohnehin nie wieder an«, meinte Lena. Leider hatte sie nicht die leiseste Ahnung, wer zugestochen hatte. Zu diesem Zeitpunkt hätten sich jede Menge Leute auf der Tanzfläche aufgehalten. Sie erinnerte sich nur, dass sich der tödlich Getroffene panisch an ihren Armen festgeklammert habe, bevor er kraftlos zu Boden gesunken sei. Lena schluchzte erneut los. Erst, als sie sich wieder einigermaßen beruhigt hatte, fragte Sandra weiter: »Sie sind mit der Braut schon lange befreundet?«

»Ich kenne sie seit der Unterstufe. Steffi ist meine beste Freundin.«

»Und Thomas?«

»Nun ja, Sie werden es sowieso erfahren. Wir waren ein Paar, als er sich in die Steffi verliebt hat.«

»Stefanie hat Ihnen den Freund ausgespannt?«

Lena nickte. »Das ist jetzt eineinhalb Jahre her.«

»Und es hat Ihre Freundschaft nicht zerstört?«

»Eine Zeit lang war ich verletzt. Aber irgendwann hab ich den beiden verziehen. Gegen die Liebe ist halt kein Kraut gewachsen.«

Aus dem Mund einer 22-Jährigen klang das ziemlich nüchtern, fand Sandra. Überhaupt wirkte Lena keineswegs betrunken.

»Ich musste mich zwei Mal übergeben, nachdem es passiert ist«, erklärte sie auf Sandras Nachfrage.

»Und wo ist Ihre Freundin jetzt? Sie hat gerade ihren Mann verloren. Da wäre es doch normal, ihr beizustehen«, sagte Sandra, obwohl sie von der Liste wusste, wo sich die junge Witwe aufhielt.

»Sie hat markerschütternd geschrien, sich auf Tom gestürzt und ihn nicht mehr losgelassen. Erst nach einigen Minuten ist sie mit ihrer Mutter mitgegangen. Die wird sie jetzt wohl trösten. Der Vater wird ja nicht besonders traurig sein …«

»Wieso nicht?«, hakte Bergmann nach.

»Der mochte den Tom nicht, wollte was Besseres für seine Tochter als einen brotlosen Schauspieler. Außerdem hat der Tom ganz gern gefeiert. Das hat ihm auch nicht gepasst.«

»Könnte er seinen Schwiegersohn erstochen haben?«

»Das glaub ich nicht.«

»Haben Sie ihn zu irgendeinem Zeitpunkt auf der Tanzfläche gesehen?«

»Ja. Er hat nach Tom mit der Steffi getanzt. Ich hab mich noch gewundert, wie er das schafft, und hab mir den Tom geschnappt. Später hab ich ihn mit seiner Frau tanzen sehen.«

»Wie er was schafft?«, fragte Sandra nach.

»Zu tanzen, ohne die Musik zu hören. Er hat mir schon vor der Trauung erzählt, dass er nach seiner Rede sein neues Hörgerät abschalten würde. Viele Stimmen, Geräusche und Musik gleichzeitig bereiten ihm nach einer Weile Kopfschmerzen.«

»Gibt es noch jemanden, der mit dem Thomas Probleme hatte?«, fragte Sandra.

Lena schnäuzte sich, ehe sie antwortete. »Dem Gernot hat der Tom Geld geschuldet und es ihm nicht rechtzeitig zurückgezahlt. Die beiden haben sich vor der standesamtlichen Trauung gestern in Wien ordentlich in die Haare gekriegt. Wenn ich nicht zufällig dazugekommen wäre, wäre der Gernot bestimmt handgreiflich geworden. Er ist ziemlich unbeherrscht. Aber umgebracht hat er ihn sicher nicht.«

Wie konnte sie sich da so sicher sein?, fragte sich Sandra, während sie den Namen des Genannten auf der Liste markierte. Ein Tatmotiv hatte er auf alle Fälle.

»Sonst noch jemand, der dem Opfer vielleicht schaden wollte. Wie sieht es mit Frauen aus?«, fragte Bergmann.

»Auf den Tom sind viele gestanden. Ich glaub, er hat die meisten hier schon im Bett gehabt. Auch das eine oder andere ältere Semester, das locker seine Mutter sein könnte.« Sandra unterstrich die Namen aller genannten Damen auf der Liste. Sie zu befragen würde Tage dauern.

Die nächste Einvernahme führte die LKA-Ermittler in die Hochzeitssuite auf derselben Etage. Der Vater der Braut öffnete ihnen die Tür.

»Können Sie mich hören?«, fragte Sandra.

Er sah sie überrascht an. »Wieso fragen Sie? Meine Hörgeräte sind an. Ich schalte sie nur ab, wenn mir die Geräusche zu viel werden. Wie vorhin, bei all dem Geplapper und der Musik«, bestätigte er, was Sandra und Bergmann schon wussten.

»Aber Sie haben getanzt?«

»Ich spüre die Bässe, das reicht. Kommen Sie doch herein.«

Seine Frau saß auf der Bettkante und hielt der Tochter, die im blutigen Hochzeitskleid neben ihr kauerte, die Hand. »Sie weigert sich, das Kleid auszuziehen«, erklärte die Mutter besorgt. Die junge Witwe richtete sich auf und blickte ihnen aus verweinten Augen entgegen.

»Können Sie uns erzählen, was Sie zum Tatzeitpunkt gemacht haben?«, sprach Sandra sie möglichst behutsam an. Stefanie verzog das Gesicht, dann wurde sie von einem Weinkrampf geschüttelt.

»So lassen Sie sie doch in Ruhe«, ging der Vater dazwischen.

»Wir müssen Ihre Tochter leider befragen. Wenn es jetzt zu früh ist, können wir das gern später nachholen, sobald es ihr besser geht.«

»Ich bin mit Clara und Eva zusammengesessen, als die Musik plötzlich verstummt ist«, antwortete Steffi unvermittelt. »Als ich den Tumult auf der Tanzfläche mitbekommen habe, bin ich hingelaufen und hab den Tom dort liegen sehen.« Wieder schluchzte sie los.

Ihre Mutter streichelte ihr über die zerzauste Flechtfrisur. »Das Kind hat geschrien, dass es mir glatt das Herz zerrissen hat«, sagte sie und kämpfte selbst mit den Tränen. »Nur mit Mühe konnte ich sie von Toms Leiche wegzerren.«

»Und Sie? Wo waren Sie zu dieser Zeit?«, wandte sich Sandra an den Vater.

»Draußen auf dem Gang. Ich bin gerade von der Toilette

zurückgekommen, als ich den fürchterlichen Schrei hörte.« Der Vater zog ein Taschentuch aus dem Sakko, um sich den Schweiß von der Stirn zu wischen.

»Vorsicht, da ist Blut dran«, machte ihn Sandra auf die Flecken aufmerksam.

»Stimmt. Damit hab ich der Steffi dann die Hände abgewischt. Sie waren voller Blut«, meinte er.

»Wir brauchen das Taschentuch und Ihre Kleidung für die Spurenanalyse. Auch die Ihrer Frau und die der Tochter«, sagte Sandra.

»Nein! Nicht mein Hochzeitskleid!«, schrie Stefanie.

»Sie wollen uns doch sicher helfen, den Mörder Ihres Mannes zu finden, oder nicht?«, fragte Sandra.

Stefanie nickte und griff sich ein Taschentuch.

»Ihre Sachen werden dann von einem Kriminaltechniker abgeholt.« Sandra und Bergmann verabschiedeten sich.

Es dauerte eine Weile, bis ihnen Gernot die Tür auf der anderen Seite des Korridors öffnete. Dass der Bursche den Alkohol, im Gegensatz zu den bisher befragten Zeugen, noch nicht abgebaut hatte, bemerkte Sandra an seinem Blick, dem Wanken und der halb vollen Flasche Wodka in seiner Hand. Mit der anderen stützte er sich am Türrahmen ab. »Was woll'n S'?«, lallte er.

Sandra stellte sich und Bergmann vor, bemüht, seiner Fahne auszuweichen. »Sie hatten gestern Streit mit Thomas. Er war Ihnen Geld schuldig«, kam sie auf den Punkt.

Der junge Mann torkelte ins Zimmer und stolperte aufs Bett. »Lena! Diese Schlampe!«, schimpfte er. »Wahrscheinlich hat sie den Tom …, nachdem er es ihr besorgt … erstochen, mein ich …«

»Wie bitte?«

»Der Tom ist heute früh aus ihrem Zimmer gekommen.«

»Aus Lenas Zimmer?«

»Ja. Die hat sich an ihm festgekrallt. Er wird's bereuen, hat sie g'schrien. Sie wird der Steffi alles … noch vor der Hochzeit … erzählen, mein ich.« Gernot nahm einen großen Schluck aus der Wodkaflasche.

Hatte Lena eine Affäre mit Tom gehabt? Und Stefanie damit auch ein Mordmotiv?

»Sie glauben, dass Thomas und Lena vor der Hochzeit miteinander Sex hatten?«, fragte Bergmann nach.

»Die hatten schon die längste Zeit was am Laufen.«

»Und Stefanie hat das heute vor der kirchlichen Trauung erfahren?«

Gernot rülpste, ehe er fortfuhr. »Weiß nicht. Der Tom wollte sie abstechen, wenn sie was sagt. Also, die Lena, mein ich. Außerdem wär's jetzt eh aus zwischen ihnen, hat er g'sagt. Und sie hat ihm eine geklescht.«

»Wo waren Sie, als Thomas getötet wurde?«, fragte Sandra.

»Tanzen mit der Astrid«, stammelte er grinsend. Laut Trauzeugin hatte auch diese Dame mindestens eine intime Begegnung mit dem Opfer gehabt, bestätigte Sandra ein flüchtiger Blick auf die Liste.

»Tschuldign.« Gernot kippte nach vorn und übergab sich. Die Ermittler konnten gerade noch ausweichen.

»Gehen wir«, sagte Bergmann.

»Noch einmal zur Trauzeugin? Meinst du, sie war es?«, fragte Sandra draußen. »Sie könnte das Messer unter ihrem Kleid versteckt und im passenden Moment zugestochen haben.«

»Könnte sie. Wie es aussieht, hatte fast jeder hier ein Motiv«, seufzte Bergmann.

Sandra nickte, als ihr plötzlich eine weitere Lüge einfiel, die einen der Zeugen schwer belastete. »Wir müssen noch mal zurück«, sagte sie und drehte sich auf dem Absatz.

»Ach ja, und wohin?«, rief Bergmann ihr nach.

Wer hat die Ermittler offensichtlich angelogen?

Lösung: 21. Rätsel-Krimi, Steiermark

Stefanies Vater hat vom Schrei seiner Tochter berichtet, den er auf dem Gang gehört haben will. Angeblich waren seine Hörgeräte zu diesem Zeitpunkt aber ausgeschaltet.

Was war geschehen?
Die Mutter hat die Szene zwischen Tom und Stefanie am Gang mitbekommen und gemeinsam mit dem Vater beschlossen, dem Schrecken der vor Liebe blinden Tochter ein gewaltsames Ende zu setzen. Mit dem Tortenmesser haben sie sich im dichten Gedränge auf der Tanzfläche dem Schwiegersohn genähert, der Vater hat zugestochen. Das Blut an seinen Händen hat er mit dem Taschentuch abgewischt, das zuvor um den Messergriff gewickelt gewesen war, um keine Fingerabdrücke auf der Tatwaffe zu hinterlassen.

GERHARD LOIBELSBERGER

BAHÖÖ* AM NASCHMARKT

Ein sonniger Tag im Oktober des Jahres 1902. Inspector Joseph Maria Nechyba war, obwohl es in der Früh schon leicht geherbstelt hatte, ohne Überzieher und nur mit schwarzem Anzug und Melone aus dem Haus gegangen. Der Vormittag im k. k. Polizeiagenteninstitut verlief ruhig und so hatte er sich um halb eins in die Berggasse in die Restauration ›Zum Rebhuhn‹ begeben. Nach dem Mittagessen gab er seinem Adjutanten, dem zniachtigen** Pospischil, noch einige Anordnungen für die Bearbeitung diverser Akten. Dann ging er – offiziell zu einem Termin außer Haus, in Wahrheit aber auf den Naschmarkt. Denn Joseph Maria Nechyba hatte einen Gusto …

Am frühen Nachmittag waren am Naschmarkt schon einige Stände abgebaut, doch es gab noch immer genug Fratschlerinnen*** und Bauern, die ausharrten und auf späte Kundschaft hofften. Am Markt sah Nechyba viele bekannte Gesichter; unter anderem auch den Planetenverkäufer Stanislaus Gotthelf, der an einem gemauerten Stand lehnte und einer Kundin einen Horoskopzettel verkaufte. Sie gab ihm eine 10-Heller-Münze, die er mit der rechten Hand einsteckte, während er mit der linken Hand seinen weißen Papagei von der Schulter hob. Mit der rechten Hand klappte er nun das Kästchen auf, das um seinen Hals hing, hob es etwas an und der auf der linken Hand sitzende Papagei spielte Fortuna und pickte einen

---

* Wirbel
** schmächtig
*** Marktweiber

Horoskopzettel aus dem Kästchen heraus. Mit roten Wangen nahm die Kundin den Zettel, faltete ihn auf, wurde noch röter, rief »Oh!« und eilte aufgeregt davon. Gotthelf klappte mit der Rechten das Kästchen zu und setzte mit der Linken den Papagei, der übrigens Toni hieß, vorsichtig auf die linke Schulter zurück. Nechyba hörte die Freihof-Mizzi, eine Fratschlerin, die für ihre Gosch'n bekannt war, mit einer Kundin streiten und er sah die rote Rosie, eine stadtbekannte Prostituierte. Beim Knödelmann zog sie ihre prall gefüllte Geldbörse aus dem Handtaschl und kaufte sich einen dampfend heißen Semmelknödel. Er sah die Hausmeisterin Oprschalek mit einer Kollegin aus dem Freihaus tratschen und es rannte ihm sein Fleischhauermeister über den Weg.

»Grüssie, Herr Mostbichler«, dröhnte Nechyba, »Hörn S', können S' mir bitte heut Abend Ihren Lehrbuam mit einem halben Kilo Bauchfleisch vorbeischicken?«

Mostbichler, der es eilig hatte, rief zurück: »Selbstverständlich, Herr Inspector! Um halb sechs, wenn's recht ist? Zahlen können S' beim nächsten Mal im G'schäft. Habe die Ehre!« Und schon war er im Gewurl der Menschen verschwunden.

Bei einer Bäuerin kaufte Nechyba ein herrlich riechendes Sauerkraut, das diese aus einem riesigen Holzbottich auf ein Blatt Papier schaufelte. Danach machte sie ein Packerl und hüllte es in mehrere Schichten Zeitungspapier. Nechyba freute sich. Heute Abend würde er ein deftiges Szegediner Krautfleisch machen. Mit ordentlich viel Zwiebel, Paprika und Bauchfleisch. Das Wasser lief ihm im Mund zusammen. Entspannt schlenderte er über den sonnigen Markt, auf dem es nach Schweiß, allerlei Obst und Gemüse, Gewürzen und gelegentlich auch nach Verfaultem und Verdorbenem roch.

»Geh Scheissssss'n!«

Dieser schrille Schrei erscholl aus einer krächzenden Kehle. Nechyba war mit einem Schlag aus seinen Tagträumen gerissen. Wie ein Schlachtross pflügte er durch die Menge, rücksichtslos seine Körpergröße und sein Gewicht einsetzend. Dann sah er den Bahöö: Der fesche Turl, Freund und Beschützer der roten Rosie, prügelte auf den Gotthelf ein, der ihm den Buckel zudrehte, um sich so gut wie möglich vor den Schlägen zu schützen. Über den beiden flatterte der Papagei Toni. Er krächzte wie verrückt und gab einen Schwall Schimpfwörter von sich. Nechyba riss den feschen Turl an der Schulter zurück und schlug ihm mit der Linken, in der er das Sauerkrautpackerl hielt, ins Gesicht. Der Schlag war so heftig, dass es den feschen Turl fast auf den Hosenboden setzte. Was ihm aber gar nicht schmeckte, war der Sauerkraut-Gatsch im Gesicht. Der Saft brannte in seinen Augen und er bekam kaum Luft. Er hustete und spuckte.

»Lassen S' den Turl in Ruh! Sie bamstiger* Kiberer, Sie! Der Gotthelf hat mei Geldbörsl g'stohlen …«

»Rosi, kusch!«, knurrte Nechyba. Dann nahm er den Turl beim Krawattl und drängte ihn an die Wand eines gemauerten Standes. »Bist wahnsinnig g'worden, Turl? Willst das Arbeitshaus wieder von innen sehen?«

Der Strizzi stotterte: »Aber Herr Inspector, der Gotthelf hat mei Madl bestohlen …«

»So, so …«, brummte Nechyba und wandte sich der Prostituierten zu. »Also Rosi, wie war des?«

»Ich hab mir einen Horoskopzettel beim Gotthelf kauft. Und dann hab ich, wie verabredet, den Turl troffen, weil der

* aufgequollen, fett

Geld von mir wollte. Und wie ich da mein Geldtaschl such, war's nicht mehr da. Da hab ich dem Turl g'sagt, dass es mir der Gotthelf g'stohlen hat. Vielleicht war's auch sein Papagei. Der hat zuerst das Zetterl rauspickt und dann hat sich das Rabenviech mit dem Schnabel mein Geldtaschl g'schnappt.«

Nechyba sah sie forschend an. Sie erwiderte mit frechen, funkelnden Augen seinen prüfenden Blick. Die Menge, die sich rundum angesammelt hatte, wartete gespannt. Nechyba sah sich um und rief zwei Fratschlerinnen sowie die Freihof-Mitzi zu sich. Die rote Rosi nahm er mit einem groben Griff beim Genick und führte sie zum Hintereingang eines Standes, dessen Tür er mit dem Fuß aufstieß. Er schubste sie in das Kammerl und sagte zu den Fratschlerinnen: »Ihr zwa bewacht die Türen von dem Kammerl. Eine vorn und eine hinten. Und du, Mitzi, perlustrierst die Rosi.«

»Berlus… was …? Herr Inspector, ist des eh nix Unanständiges?«

»Du filzt sie! Zuerst schaust, ob s' das Geldtaschl im Dekolleté versteckt hat. Und wenn's da net is, dann schaust ihr untern Kittel. Ob sie's ins Strumpfband g'steckt hat. Weil ich glaub, die Rosi wollt dem Turl nix abgeben. Darum hat s' die ganze G'schicht erfunden …«

Kurz darauf schrie die rote Rosi vor Wut auf, denn die Freihof-Mitzi hatte ihr das prall gefüllte Geldbörsl aus dem Dekolleté gefischt …

Wieso war sich Nechyba so sicher, dass weder Stanislaus Gotthelf noch sein Papagei Toni das Geldbörsl gestohlen hatten?

Lösung: 22. Rätsel-Krimi, Wien

Erstens: Nechyba hatte beobachtet, dass Gotthelf immer beide Hände für den Verkauf seiner Horoskopzetteln benötigte. Für das Stehlen der Geldbörse hätte er eine 3. Hand gebraucht!
Zweitens: Dass die Geschichte von Rosi mehr schlecht als recht erfunden worden war, fiel Nechyba auch an dem Detail mit dem Papagei auf: Ein Papagei kann nie eine prall gefüllte Geldtasche mit seinem Schnabel packen. Die könnte er sich höchstens mit dem Fuß krallen …
Drittens: Die rote Rosi ist mit allen Wassern gewaschen und würde sich ihr Portemonnaie niemals so einfach stehlen lassen.

PETRA M. KLIKOVITS
PROST, MAHLZEIT! ÖNOPSYCHOLOGIN ROSA TALBOT ERMITTELT

»Habt ihr euch den Menüplan angesehen?« Rosa blieb stehen und zog einen Zettel aus der Jackentasche. Ihre Verzweiflung konnte sie nicht verbergen, während sie vorzulesen begann: »Mousse von Foie Gras mit Himbeerconfit auf Briochebrezel, Carpaccio vom Weiderind auf Brennnessel-Bärlauch-Bällchen, Wels an Risotto mit Prosecco, Rucola und …«

»Das alles sollen wir kochen …?«, unterbrach sie Maria. Sie war ebenfalls von ihrem Elektrorad gestiegen. Das ›Meer der Wiener‹, wie der See liebevoll genannt wurde, lag heute besonders friedlich vor ihnen. Die Frühlingssonne tauchte Weinberge, Wiesen und Schilf in ein milchig warmes Licht. Wie sehr hatte Rosa sich auf dieses Wochenende gefreut! Zusammen mit ihren Freundinnen wollte sie das Ufer des Neusiedler Sees entlang radeln, gemütlich speisen, gute Weine verkosten und danach ihr Köpfchen auf ein Lager mit Seeblick betten. Sie ließ den Blick über die hügelige zartgrüne Landschaft gleiten. Zwei der Mädels hatten abgesagt und Monas Vorhaben brachte die Aussicht auf Erholung endgültig in Gefahr. Kochen in einer Nobelherberge blieb, wenn es nach Rosa ging, immer noch Hausarbeit.

Mona, die Streberin, war die erste am Radweg. Auch sie hielt nun an und rückte sich die Brille zurecht. »Reißt euch zusammen, Mädels! Wir haben den Kochkurs zu Weihnachten geschenkt bekommen, es wird höchste Zeit, dass wir ihn einlösen!« Da war nichts zu machen.

»Welch uneigennütziges Präsent unserer Männer!«, maulte Jana kaum hörbar und trat in die Pedale. Sie bildete das Schlusslicht der Formation. Hundert Meter noch, dann sollten sie am Ziel sein. Auf einem Hügel außerhalb des Ortes thronte ›GenussProjekt – LukullusHöhe‹, ein moderner Komplex, dem Zeitgeist angepasst. Mit einem Ruck wurde die Glaswand geöffnet und die Freundinnen traten über die Schwelle. Eine gespenstische Mischung aus Lässigkeit und Perfektion schlug ihnen entgegen.

»Willkommen in unserem Haus. Sie werden beeindruckt sein, wie exquisit Sie bei uns speisen und wie exklusiv Sie bei uns wohnen, äh, dürfen!« Die Dame des Hauses war mit einem giftgrünen Seidenkleid bewaffnet. Sie machte auf ihren Plateausohlen kehrt, bevor sich die Freundinnen bedanken konnten. Mit einem Fingerzeig ordnete sie der Gruppe an, das Gepäck abzustellen (hier!) und ihr zu folgen (da!). Die vier gehorchten, trabten jedoch in sicherem Abstand hinterher. In der Küche war es wärmer. Temperaturen, die Rosa an ihren letzten Besuch in der Sahara erinnerten, schlugen ihnen entgegen. Das Personal blickte kurz auf, jeder Handgriff saß. Die Freundinnen waren in fremdes Terrain eingedrungen, dämmerte es Rosa. Für eine Flucht war es zu spät, sie wurden bereits aufgeteilt. Jede erhielt eine Kochschürze und einen Kochassistenten. Es konnte losgehen.

»Ich wünschte, ich hätte mehr Kochsendungen im Fernsehen verfolgt!« Maria stöhnte, eine Hand im Maul eines Welses versenkt. Ihr Assistent hatte bereits bei einigen Entdeckungsreisen die Oberaufsicht inne gehabt, was das Zucken seiner Mundwinkel verriet. Er schwieg standhaft.

»Zwiebelschneiden kann ich!«, fiel Maria ein, sie wischte

sich die Hand an der Schürze ab und verschwand in Richtung Waschraum. Ohne Brille und in eine Duftwolke Marlboro gehüllt kehrte sie wieder zurück. »Kontaktlinsen sind meine Geheimwaffe gegen tränende Augen!« Der Assistent sah auf ihre gelben Finger und lächelte gequält.

Es wurde noch heißer. Die Damen zogen sich nach und nach zurück. Mona hatte Kopfschmerzen, Rosa musste telefonieren. Maria ging einfach. Letztere war zu bequem, sich eine höfliche Ausrede auszudenken. Na dann, Prost, Mahlzeit!

Ob die Verschnaufpause am Hotelteich verdient war, sei dahingestellt. Weich gepolsterte Liegebetten verführten jedenfalls zu einem Nickerchen. Rosa war als Erste wieder wach. Gelegentliche Faulheit wäre das beste Mittel gegen Stress, dachte sie, und gähnte ausgiebig. Aus der Küche kam Jana, sie hatte als Einzige durchgehalten. Mit leuchtenden Augen malte sie sich aus, was sie zum Abendessen wählen würde. Rosa tat sie leid. Sie musste ihr erklären, dass es keine Speisekarte gab.

»Woher weiß der Koch, was ich essen will?« Jana war verwirrt.

»Was du essen möchtest, interessiert niemanden. Du bekommst das, was der Koch kochen möchte.« Maria wusste um das Procedere – irgendwann musste sich jeder Dienstleister selbst verwirklichen.

Jana blickte hilflos von einer zur anderen. »Du meinst, früher war der Gast König – und heute ist es der Koch?«

»Wenigstens sind die Toiletten gut ausgestattet«, meinte Maria emotionslos. »Hygieneartikel, Kontaktlinsenflüssigkeit, Deospray – alles ist da.«

Essenszeit, die Frauen versammelten sich um den Tisch. Rosa fiel die Aufgabe zu, den zur Stimmung passenden Wein auszuwählen. Sie entschied sich für einen Grünen Veltliner Smaragd Loibenberg aus 2001. Ein reifer, weitblickender Tropfen sollte es sein, nebenher dürstete es sie nach dem Beistand des Heiligen Urban, der ernst vom Etikett grüßte. Ja, sie hatte ein mulmiges Gefühl den weiteren Abend betreffend, da kam ihr der Schutzheilige des Weinbaus gerade recht! Mehrere Teller wurden vorbeigebracht, einige sahen appetitanregend aus, andere weniger. Jede der Frauen pickte sich heraus, was ihr zusagte. Einer der Assistenten goss nach. Bald hingen die vier müde in ihren Sesseln. Das Radeln an der frischen Luft zeigte seine Wirkung. Rosa sah auf die Uhr, der Assistent zog sich zurück. Es war Zeit, schlafen zu gehen. Maria rieb sich die Augen. Als wäre sie beim Stehlen der Sonntagszeitung erwischt worden, riss sie plötzlich die Tasche an sich und eilte davon. Nicht, ohne vorher tüchtig zu fluchen. Es sollte das Letzte sein, das die Freundinnen an diesem Abend von ihr zu sehen und zu hören bekamen.

Der Morgenkaffee wurde serviert. Marias Kopf ragte in die Tür. Sie hatte schon mehr Esprit ausgestrahlt, fanden die Freundinnen. Die Augen waren verquollen und gerötet und von ihrer ansonsten schicken Frisur fehlte jede Spur. Hektisch deutete sie Rosa, mit ihr zu kommen. Diese war außer sich. »Wo bist du gewesen? Du warst nicht am Zimmer! Ich hab überall nach dir gesucht!«

Maria blickte zu Boden. »Ich … ich habe einen Filmriss …, das letzte, woran ich mich erinnere, ist, dass ich in meiner Tasche gekramt habe … und aufgewacht bin ich im Weinkeller … mit Kopfschmerzen und ohne Handtasche! Ich hab keine Ahnung, wie ich dorthin gekommen bin«, fuhr sie zögernd fort, dann schlug sie die Hände vors Gesicht. Sie zitterten.

»So viel hast du nicht getrunken. Mein Gott, Maria!« Rosa nahm sie in die Arme. Sie war sofort auf Betriebstemperatur, als Psychologin war sie Kummer gewohnt, »das klingt verdammt nach K.-O.-Tropfen!«

»Aber wir haben alle vom selben Wein getrunken … und waren den ganzen Abend beisammen …«, ergänzte die Freundin. Sie blickte über ihre Brille hinweg ins Leere.

»Hm, allein du warst betroffen, der Weg über Essen und Trinken scheidet somit aus«, überlegte Rosa. »Das Gift muss dir auf eine andere Art verabreicht worden sein … und ich weiß auch schon wie!«

Wie wurde das Gift verabreicht, und wen hat Önopsychologin Rosa Talbot dabei im Visier?

Maria rieb sich die müden Augen, wobei Wimperntusche an die Kontaktlinse und ins Auge gelangte. Im Waschraum reinigte sie beides mit der bereitgestellten Flüssigkeit. Ihr persönlicher Assistent wusste, dass sie Kontaktlinsen trug, unbemerkt hatte er die Flüssigkeit mit K.-O.-Tropfen versetzt. Als sie bewusstlos wurde, konnte er ihre Handtasche rauben. Jeder würde glauben, dass Maria zu viel getrunken hatte. Womit er nicht gerechnet hatte, war, dass jemand die Wirkung des Gifts von der Wirkung des Alkohols unterscheiden konnte. Ob Rosa dabei der Schutz des Heiligen Urban zu Hilfe gekommen war? Wer weiß …

Die Geschichte ist natürlich erfunden. Von den Häusern der Region dürfen Sie mit Recht nur Gutes erwarten.

CHRISTINA BACHER ist nach Lehr- und Wanderjahren in Kaiserslautern, Marburg, Bonn, Prag und Montpellier in Köln gelandet. Als Journalistin und Autorin betreibt sie seither ›Bachers Büro‹, eine Schmiede für Texte aller Art. Als Autorin der bekannten Kinder- und Jugendkrimireihe ›Bolle und die Bolzplatzbande‹ geht sie seit 2008 regelmäßig auf Lesereise und veranstaltet literarische Stadtführungen für Kinder. Im Rahmen ihres Stipendiums des Kulturamts Köln im Scriptorium der Antoniterkirche arbeitet sie zurzeit an einem neuen Jugendbuch und einem Krimi für Erwachsene. Die Geschichte ›Der letzte Rabensteiner‹ basiert auf einem historischen Kriminalfall, der sich tatsächlich in Marburg zugetragen hat.

Seit mehr als 20 Jahren lebt **DANIEL BADRAUN** mit seiner Familie in der Nähe von Schaffhausen. Der aus dem bündnerischen Samedan stammende Bergler fühlt sich auch in der Nähe des Rheins sehr wohl. Er schreibt auf Deutsch und Romanisch. In den letzten Jahren sind Kurzgeschichten, Kinderbücher, Krimis und zahlreiche Kolumnen entstanden. Sein Held Claudio Mettler fühlt sich wie Badraun den Bündner Bergen sehr verbunden. Im Herbst 2013 erscheinen bei Gmeiner der Mettler-Krimi ›Hundsvieh‹ sowie ein Engadin Reiseführer.

MANFRED BAUMANN, geboren 1956 in Hallein/Salzburg, seit 30 Jahren beim ORF (Österreichischer Rundfunk), als Redakteur (Kultur, Unterhaltung) und Moderator, derzeit Leiter der ›Programmgestaltung/Kreativredaktion‹ und Leiter der ›Volkskultur‹ im ORF-Salzburg. Lehrauftrag an der Uni Salzburg. Auch tätig als Autor, Regisseur, Kabarettist (›Bauer sucht Herbst‹/2007, ›Waidmann sucht Heil‹/2009, ›Meier sucht Verein‹/2011).

Halleiner Kulturpreis 1994.

Veröffentlichungen: Hörspiele (›Mord im Rollstuhl‹, ›Die letzte Kugel ist für Mozart‹ u. a.)

Kabarettprogramme, Literaturprogramme (unter anderem über Theodor Kramer und Jura Soyfer).

Krimis: ›Jedermanntod‹, ›Wasserspiele‹, ›Zauberflötenrache‹ (alle im Gmeiner-Verlag).

DOROTHEA BÖHME, Jahrgang 1980, lebt und arbeitet zurzeit im Süden Ungarns an der Universität Szeged. Schon während ihres Studiums zog es sie immer wieder in die Welt hinaus, bis sie schließlich nach Klagenfurt kam. Die Gegend rund um den Wörthersee inspirierte sie zu ihrem Kriminalroman ›Sauhaxn‹, in dem der Dorfpolizist Fritz Reichel ein Schwein, einen toten Koch und möglicherweise Drogen sucht. 2014 ermittelt der Chefinspektor erneut: Im Frühjahr erscheint der Kriminalroman ›Meuchelbrut‹.

DIETER BÜHRIG: Abitur in Hannover. Studium in Berlin. Mehrere Jahre als Tonmeister in Musikstudios und als Musikproduzent tätig. Dann Aufbaustudium an der Musikhochschule Lübeck. Unterricht in Musik und Physik. Als Leiter der Schulchöre verantwortlich für eine überregional beachtete Chorarbeit. In Büchern und Fachzeitschriften Publikationen zur Musikpädagogik sowie Chorarrangements. Promotion über das Thema ›Schule in der Musik‹. Seit 2010 Autor von Kriminal- und Historischen Romanen sowie Reiseführern.

www.dieterbuehrig.de

SABINE FINK, geboren 1969 in Dortmund, lebte in Köln, Braunschweig und Hongkong. Die gelernte Informatikerin war in der Erwachsenenbildung tätig. Heute arbeitet sie als freie Autorin in Mittelfranken und betreut Kinder und Jugendliche in einer Ganztagsschule. Sie treibt gern Ausdauersport und kümmert sich um Familie, Haus und Hund. In ihren Romanen ›Kainszeichen‹ und ›Judasbrut‹ ermittelt die fränkische Kommissarin Maria Ammon in Erlangen und den Landkreisen.

MICHAEL GERWIEN, geboren 1957 in Biberach an der Riß, aufgewachsen in Mittenwald, lebt seit 1972 in München. Er hat bisher vier humorvolle Kriminalromane um seinen Münchner Exkommissar Max Raintaler beim Gmeiner-Verlag veröffentlicht: ›Alpengrollen‹ (2011), ›Isarbrodeln‹ (2012), ›Isarblues‹ (2012) und zuletzt ›Isarhaie‹ (2013). Kurzkrimis von ihm finden sich in den Anthologien ›Mords-Zillertal‹, ebenfalls Gmeiner-Verlag (2012), und in ›Mordsappetit‹, ars vivendi (2012).

Nachdem **FRANK GOLDAMMER** 1975 in Dresden geboren wurde, ging es mit der DDR stetig bergab. Er selbst rechnet sich daran keinen Verdienst an, begann 1999 mit dem Schreiben, heiratete, ließ sich scheiden, wurde Handwerksmeister im Maler- und Lackierergewerbe und teilt sich nun drei Kinder mit zwei Frauen. 2012 erschien mit ›Abstauber‹ sein erster Kriminalroman im Gmeiner-Verlag, 2013 folgt ›Revierkampf‹.

MARCUS IMBSWEILER, im Saarland aufgewachsen, Studium der Musikwissenschaft und Germanistik in Tübingen und Heidelberg, wo er seit 1990 lebt. Freier Musikredakteur für diverse Rundfunksender, Festivals und CD-Labels, seit 2007 auch belletristisch tätig. Imbsweiler schreibt Romane und Erzählungen mit musikalischem Schwerpunkt. Größere Bekanntheit erlangte seine Krimireihe um den Heidelberger Privatermittler Max Koller, die mittlerweile auf sechs Bände angewachsen ist.

www.marcus-imbsweiler.de

Von **STEFAN KELLER** erschienen im Gmeiner-Verlag bislang drei Kriminalromane mit dem Privatdetektiv Marius Sandmann: ›Kölner Kreuzigung‹, ›Kölner Totenkarneval‹ und ›Kölner Luden‹. 2012 veröffentlichte er den Stadtführer ›66 Lieblingsplätze Kölner Persönlichkeiten und 11 Veedelshistörchen‹ in der Reihe ›Lieblingsplätze‹.

Daneben schreibt der ehemalige Wirtschaftsjournalist und Theaterdramaturg Hörspiele, Fernsehshows, Drehbücher und Bühnenstücke. Er lektorierte für Filmproduktionen und Fernsehsender und unterrichtet Schreiben an der Universität zu Köln.

Keller lebt in Köln.

UWE KLAUSNER, geb. am 15.9.1956 in Heidelberg, Abitur, Studium in Geschichte und Anglistik in Mannheim und Heidelberg, Staatsexamen, danach Vorbereitungsdienst für das Lehramt an Gymnasien. Seit 1988 am Gymnasium Weikersheim (Main-Tauber-Kreis) tätig, u. a. als Leiter der dortigen Theater-AG. Erste Buchveröffentlichung (›Hans der Pfeifer‹) im Jahr 2006, ab 2007 Publikation von Historischen Kriminalromanen im Gmeiner-Verlag in Meßkirch.

PETRA M. KLIKOVITS, geboren 1966 in Wien und aufgewachsen im Burgenland, ist im echten Leben Psychologin in freier Praxis. Sie schätzt Fortbildungen an der Weinakademie, Reisen und gutes Essen. Sie wohnt abwechselnd in Österreich und auf Ibiza. In ›Vollmondstrand‹ lässt sie Önopsychologin Rosa Talbot vom Aussteigen träumen, in ›Inselsturm‹ darf diese endlich durchstarten.

www.petramklikovits.com

BERND KÖSTERING, geboren 1954 in Weimar, kam 1959 in die Bundesrepublik Deutschland. Über die Stationen Gießen und Frankfurt erreichte er 1991 seinen heutigen Wohnort Offenbach. Außer der Literatur gehört seine Leidenschaft drei Frauen und drei Gitarren.

Veröffentlichungen:

›Goetheruh‹ 2010, ›Goetheglut‹ 2011, ›Goethesturm‹ 2012, alle Gmeiner-Verlag

›Kronberger Rosen‹, Krimikurzgeschichte in ›Tod im Taunus‹ 2011, KBV-Verlag

›Welche Spürnase findet die Lösung?‹, monatliches Krimirätsel in der Offenbach Post seit August 2012.

MICHAELA KÜPPER wurde im niederrheinischen Alpen geboren und ist in Bonn aufgewachsen. In Marburg studierte sie Soziologie, Psychologie, Politik und Pädagogik. Heute lebt sie mit Mann und zwei Söhnen in Königswinter am Rhein und arbeitet als Autorin und Redakteurin.

Schreiben ist ihre Leidenschaft, und ihre Liebe zu Krimis entspringt ihrer dramatisch geprägten Fantasie.

Im aktuellen Kriminalroman ›Wildwasserpolka‹ schickt sie

die Siegburger Privatdetektivin Johanna Schiller auf Ganovenjagd.

Michaela Küpper ist Mitglied des ›Syndikats‹ und der ›Mörderischen Schwestern‹.

www.michaelakuepper.de

PAUL LASCAUX, Pseudonym von Paul Ott, geboren 1955, aufgewachsen in Goldach am Bodensee und in St. Gallen, seit 1974 wohnhaft in Bern. In den letzten 30 Jahren veröffentlichte er neben zahllosen journalistischen Arbeiten vor allem Kriminalromane und kriminelle Geschichten. Die meisten spielen in der Stadt Bern oder in Dörfern und Gegenden des gleichnamigen Kantons. In der neuen kulinarischen Krimiserie spielen der Detektiv Heinrich Müller und seine Partnerin Nicole Himmel die Hauptrollen. Paul Lascaux: ›Schokoladenhölle‹ (2013), ›Mordswein‹ (2011), ›Gnadenbrot‹ (2010), ›Feuerwasser‹ (2009), ›Wursthimmel‹ (2008), ›Salztränen‹ (2008).

Paul Ott: ›Mord im Alpenglühen‹. Der Schweizer Kriminalroman in Geschichte und Gegenwart (2005).

www.literatur.li

GERHARD LOIBELSBERGER wurde 1957 in Wien geboren. 2009 startete er mit ›Die Naschmarkt-Morde‹ eine Serie von Historischen Kriminalromanen rund um den schwergewichtigen Inspector Joseph Maria Nechyba. Den ›Naschmarkt-Morden‹ folgten 2010 der ›Reigen des Todes‹ sowie 2011 ›Mord und Brand‹. 2012 erschienen der Wienführer ›Nechybas Wien – 33 Lieblingsspaziergänge und 11 Genusstipps‹ sowie Loibelsbergers erster Venedig-Krimi ›Quadriga‹. 2013 erscheint das vom Autor gesprochene Hörbuch ›Die Naschmarkt-Morde‹. 2010 wurde ›Die Naschmarkt-Morde‹ für den Leo-Perutz-Preis der Stadt Wien nominiert.

MARCUS RICHMANN wuchs mit den Geschichten seiner georgischen Großmutter auf, die ihn schon als Kind faszinierten. Durch sie entdeckte er seine Freude am Erfinden und Erzählen von Geschichten. Seine frühen Reisen erzeugten bei ihm eine Distanz zu der Schweiz, die dem Autor bis heute eine kritische Sicht auf die Heimat der Eidgenossen verschafft. In seinen Geschichten mit Maxim Charkow bezieht er sich auf die dunklen Kapitel der Schweizer Geschichte. Heute lebt er in Zürich und arbeitet als Autor von Romanen und Drehbüchern. Der erste Fall mit Maxim Charkow wurde vom RSI, dem italienischsprachigen Sender für die Schweiz, als Zweiteiler unter dem Titel ›Cuore di ghiaccio‹ (Herz aus Eis) verfilmt.

CLAUDIA ROSSBACHER, geboren in Wien, war nach ihrem Studium der Tourismuswirtschaft Model, später Texterin und Kreativdirektorin in internationalen Werbeagenturen. Seit 2006 arbeitet sie als freie Autorin in Wien. In dieser Zeit entstanden unter anderem mehrere Kurzkrimis und Kriminalromane. Ihr Alpen-Krimi ›Steirerblut‹ wurde von Wolfgang Murnberger für den ORF verfilmt. ›Steirerherz‹ und ›Steirerkind‹ aus den folgenden Jahren konnten sich, wie schon der erste Fall der LKA-Ermittlerin Sandra Mohr, einige Monate lang in den österreichischen Bestsellerlisten behaupten.

CLAUDIA SCHMID lässt ihre eigenwillige Kommissarin Melanie Härter in der bunten Quadratestadt Mannheim ermitteln, wo Menschen aus über 160 Nationen leben. In ›Mannheimer

Todesmess‹ – erscheint im Herbst 2013 – bringt Melanie sich selbst mächtig in Gefahr.

Claudia Schmid erhielt 2011 den Kurzgeschichtenpreis des Autorenkreises ›Quo Vadis‹. Die Germanistin ist als Dozentin tätig und Redakteurin bei www.kriminetz.de. Lesetermine finden Sie auf: www.claudiaschmid.de

FRIEDERIKE SCHMÖE wurde 1967 in Coburg geboren. Nach dem Studium der Germanistik und Romanistik promovierte und habilitierte sie sich. Neben ihrer Tätigkeit als Universitätsdozentin für Linguistik schreibt sie seit 2000 Krimis und gibt Kreativitätskurse für Kinder und Erwachsene. Neben der Arbeit an der Krimireihe um die Bamberger Privatdetektivin Katinka Palfy schreibt sie an einer Krimiserie um die Münchner Ghostwriterin Kea Laverde. Der 2009 erschienene 1. Band wurde von Brigitte unter ›Beste Taschenbücher für den Urlaub‹ empfohlen.

www.friederikeschmoee.de

MARIJKE SCHNYDER wurde 1956 in Morges am Genfersee geboren, als drittes Kind einer Niederländerin und eines Schweizers. Ihr Studium, das sie mit einer Dissertation in Linguistik abschloss, führte sie nach Holland, Frankreich und Schottland. Sie lebt in Bern, wo sie als Dozentin an der Pädagogischen Hochschule unterrichtet. Ihr großes Interesse gilt der Kunst und der Natur. In ihrer Freizeit reist sie und schreibt Kriminalromane, die im weiten Raum zwischen der Nordsee und den Alpen entstehen.

Bisher erschienen im Gmeiner-Verlag: ›Matrjoschka-Jagd‹ (2010), ›Stollengeflüster‹ (2012).

SABINE TRINKAUS lebt mit Schaf und Familie in Alfter bei Bonn. Seit 2007 schreibt sie kriminelle Kurzgeschichten, für die sie bereits zahlreiche Preise gewonnen hat. Ihr erster Roman ›Schnapsleiche‹ erschien im Frühjahr 2012, im März 2013 folgte ›Schnapsdrosseln‹.

HUGO VAESSEN stammt aus der Nähe von Aachen. Er hat als Kohlenschüpper in einem Elektrizitätswerk, als Gurkenpflücker auf dem Feld, als Drahtaufwickler in einer Kabelfabrik, am Paketband bei UPS, in einer Rechtsabteilung, in einem Versicherungskonzern, bei einer TV-Produktionsfirma, als Rezeptionist und im Rettungsdienst gearbeitet – und irgendwann doch noch studiert. In seiner Freizeit schreibt er Kurzgeschichten und arbeitet am Jahrhundertroman.